처방전 없음

'새로운 건강'을
찾아나선
어느 청년의사의
인생실험

홍종원 지음

처방전 없음

잠비

아픔 곁에 있는 사람

"다음 주부터 밀린 월세 조금씩 보낼게. 이제야 상황이 약간 풀릴 것 같아."

"여유 되는 만큼 보내. 몸조심하고."

2015년 잠깐 특강을 나갔던 고등학교에서 성재를 만난 이후, 우리의 기묘한 동행은 8년째 이어지고 있다. 학생들의 건강을 챙겨달라는 한 선생님의 간곡한 연락을 받고 방문했던 혁신학교였는데, 성재가 속한 반은 소위 '사고 친' 학생들이 정규 교과과정에 얽매이지 않고 다양한 시도를 해보며 견문을 넓힐 수 있도록 조직된 '대안반'이었다. 수업을 진행하는 한 학기 동안 학생 절반이 자리에 없었다. 남은 절반 중

몇몇은 잤고, 몇몇은 휴대폰만 들여다보았다. 아주 적은 수의 아이들만이 이 서툴기 짝이 없는 외부 강사를 안쓰러운 눈으로 바라봐 주었다.

어차피 가르칠 것도 마땅치 않겠다, 나는 수업 대신 우정을 택했고 학교 밖에서 학생들을 만나며 한층 그들과 친해질 수 있었다. 그때 성재가 고등학교 2학년, 나는 주민들과 어울리며 지역공동체 일을 닥치는 대로 하던 시절이었다. '마을'을 중심으로 활동해 보기로 하고 상가에 딸린 작은 반지하 집을 구했는데, 비싼 월세를 감당하기 어려운 청년들이 하나둘 이곳에 모여들었다. 이 작은 공간을 거쳐간 이들이 지금껏 열 명을 훌쩍 넘는다. 성재도 그중 하나였다. '건강의 집'이라고 이름 붙인 우리 반지하 공동체에 매일 드나들던 그는(아마 가족과의 불화 때문이었으리라) 마침내 완전히 이곳으로 들어왔다.

우리는 운이 좋았다. 청년의 삶을 응원하는 선배 시민들이 출자해 준 보증금으로 일부는 '터무늬있는집'이라는 이름의 청년 사회주택으로 분가했다. 또 협동조합 기업을 설립했고, 지역축제나 각종 행사를 기획·운영하는 등 일거리를 계속 만들어냈다. 우리는 좋은 직장, 좋은 집, 경제적 성취가 아니라 적당히 가까운 관계를 바탕으로 한 '지질한' 일상 속에서 함께 성장했다. 그 반지하 공간 건강의집에 성재는 여전히 살고 있다.

건강의집을 처음 열었을 때, 참 많은 질문을 받았다.

"건강의집이 뭐 하는 곳인가요?

"그냥 마을사랑방입니다."

"왜 이름이 건강의집이죠?"

"제 직업이 의사라서 건강이란 단어를 넣었어요."

"여기서는 어떤 활동을 하나요?"

술술 대답하다가도 이 질문 앞에서는 조금 머뭇거렸다. 그저 질병을 치료하는 것만이 의료활동의 전부라고 생각하는 이들에게 갑작스레 "어떤 삶이 건강한 삶이라고 생각하세요?"라고 반문하면 당황하게 될 테니까. 어찌 보면 당연한 일이다. 의과대학에서도 그런 질문에 대한 답은 찾기 어려웠다. 그러나 막상 내가 활동하며 아픈 이들을 만나다 보니 질병 자체보다는 건강한 삶에 대해 절실히 고민하는 이들이 많다는 것을 알 수 있었다.

건강한 삶이란 이상을 어떻게 생활 속에서 구현할 수 있을까. 이는 곧 병원 밖에서 지역사회의 건강 증진을 위해 어떤 일을 할 수 있을까, 하는 고민으로 이어졌다. 이 고민의 답을 찾는 것이야말로 초창기 건강의집에서 해온 일이었다.

부모 커뮤니티를 조직하고 마을축제를 기획해 진행했다. 생활체육회에 참여하고, 학부모 모임, 악기 배우는 모임, 청년 모임 등도 만들었다. 청년 모임은 사회적 기업이 되었다. 그렇게 마을 안에서 서로 다른 연령대, 서로 다른 직업을 가진 사람들이 다양한 주제를 가지고 모여 어울렸다. 이런 활동은 고독한 이들이 연결되면서 서로를 돌볼 수 있는 계기를 마련해 주었다.

일련의 고민과 실험을 거쳐, 현재 반지하 공간 건강의집은 청년을 위한 주거지로 남기고, 나는 동료 의사와 함께 아픈 이들을 직접 찾아다니며 살피는 방문진료 전문병원 '건강의집 의원'을 열어 활동하게 되었다.

성재도 그사이 고등학교를 졸업했다. 휴대폰 가게 점원, 퀵 배송기사 등 여러 직업을 거치는 동안 그는 한결같이 성실했다. 그러다 몇 년 전 아버지와 곱창집을 열고 젊은 사장이 됐다. 의젓하게 자리를 잡아가는 것 같아 뿌듯해하던 참이었는데, 코로나19 사태가 터졌다. 대다수 자영업자의 삶이 그러했듯이, 성재의 삶도 허덕였다. 성재는 포기하지 않았다. 강추위가 기승을 부리던 겨울, 밤 9시까지 가게 일을 보고 새벽 배송에 2차 배송까지 뛰었다. 몇 달간 밤낮이 뒤바뀐 생활을 이어가는 모습을 옆에서 지켜보자니, 건강이 염려될 정도였다. 그 와중에 밀린 월세를 내겠다고 연락이 온 것이다. 성재의 사정이 나아졌다는 분명한 징후였다. 더없이 반가웠다.

성재도 그랬겠지만, 나 역시 코로나19 상황을 견디며 어둡고 긴 터널을 끝도 없이 걷는 듯한 느낌을 여러 번 받았다. 지난 몇 년간 방문진료 업무와 방역 업무를 병행하면서 나는 분명한 진실을 목도해야 했다. 바로 '재난은 누구에게나 평등하지 않다는 것.'

내가 만나는 환자들 중에는 몇 년째 외출하지 않는 이들도 있지만, 전동 휠체어를 타고 마을 곳곳을 누비며 활발히 활동하는 이들도 많다. 이들은 보통 홀로 살면서 낮에는 복지관, 동주민센터, 마을문고 등을 찾는다. 그곳에서 이웃들과 얼굴을 마주하고 안부를 확인하고 이런저런 대화를 주고받는다. 그런데 코로나19 상황이 되면서 이 모든 일상이 파괴되고 말았다. 사회적 관계가 완전히 사라져버린 것이다. 더구나 이들을 주기적으로 찾아다니며 건강을 체크해 주던 이들이 방역 업무에 투입되면서, 최소한의 돌봄 안전망마저 무너져버렸다. 이는 곧 이들의 생존과 직결된 문제였다.

이 훼손된 안전망을 어떻게 복구해야 할까. 앞으로 또 이런 일이 벌어지면 어떻게 해야 할까. 그리고 이런 상황에서 나는 무엇을 할 수 있을까. 의문이 꼬리에 꼬리를 물었다. 그러면서 조금씩 생각이 정리되었고, 내가 해야 할 일도 선명해졌다. 아픈 이를 찾기. 이야기를 듣기. 관계를 연결하고 확장하기.

오랫동안 이곳저곳에 적어두었던 글 조각들을 어설프게 짜맞추었다. 처음부터 끝까지 주제를 정해놓고 쓴 글이 아니라 대학 시절부터 지금까지 써왔던 글들을 모아 정리한 것이다 보니, 어떤 부분은 지금 읽으면 참 철없다 싶기도 하고 부끄럽기도 하다. 그래도 편집자님이 처음 내 글 전체를 읽어보고 해준 "무언가 환기가 되네요"라는 말이 큰 용기가 되었다. '공감이 된다'도 아니고 '깨달음을 준다'도 아니고 '환기가 된다'는 말. 나를 격려하려고 한 말이었겠지만, 내 글이 쓸모 있을 수도 있다는 말로 들렸다. 그 말 덕분에 접어두지 않고 여기까지 쓰게 되었다.

이 책의 1장에는 학창 시절의 일과 고민, 마을 활동에 관한 이야기를 담았다. 예나 지금이나 내 인생의 화두는 '상품화되지 않는 삶'인데, 전에는 이에 대한 생각이 선명하지 않았다. 그래도 긴 시간 고민을 지속하다 보니, 결국 생각을 정리할 수 있었다. 2장에는 방문진료를 하며 만났던 이들의 이야기가 담겨 있다. 주로, 〈한겨레신문〉에 '남의 집 드나드는 닥터 홍'이라는 제목으로 연재했던 칼럼을 여러 편 다듬어 묶었다. 3장에는 나의 방문진료 경험에 덧대어, 건강과 의료에 대한 생각을 풀어 썼다. 몇 년간 미셸 푸코의 저서 및 글, 생명정치담론, 탈근대철학, 퀴어이론 등을 함께 학습해 온 '좋아하셈(좋아해서 하는 세미나)' 멤버들과 나눈 이야기들이 큰 도움이 됐다. 스승이 되어준 화니짱, 호섭, 알료샤에게 큰 빚을 졌다.

내가 '남의 집 드나드는 의사'가 될 수 있었던 것은 같이 살며 동고동락한 성재와 벗들 덕분이다. 그들과 함께한 삶 속에서 지금의 일을 시작할 힘을 얻었다. 나의 이야기 역시

아픈 삶을 살아가는 모두에게 작은 위로와 용기가 되었으면
한다. 또, 지금껏 무심히 지나쳤던 우리 이웃들을 한 번 더
돌아보게 하는 계기가 되길, 무엇보다 '건강한 삶'에 대해 다
른 생각을 해보는 출발점이 되길 진심으로 바란다.

2장　외로움이라는 병, 호의라는 약

3장 계속 망설이며, 그렇게 한 걸음씩

혼자 편안할까,
같이 건강할까

———

"형, 저 여기서 자고 가도 돼요?"

"그럼. 오늘부터 여기서 살아도 돼."

———

우연히
의대에 가게 되었다

방문진료를 다니다 보면 때때로 곁에 있는 사람이 전혀 없는 환자를 만나게 된다. 보호자가 있더라도 잠시뿐, 긴 시간을 홀로 살아온 환자도 있다. 그렇다 보니, 이들에게 급한 연락을 받으면 가까운 약국에 들러 약사와 간단히 상의하고 약을 조제받아 전달하기도 한다.

김 약사님은 그런 상황을 충분히 이해하고 신경 써주시는 분이다. 여느 의원처럼 처방전이 수십, 수백 장씩 쏟아지지 않는, 그저 귀찮은 고객인데도 언제나 잘 챙겨주시니 감사할 따름이다.

한번은 김 약사님이 나를 보고 웃으며 말씀하셨다.

"선생님은 특별한 신념을 갖고 계신 거 같아요."

"성격이 모나서 그래요. 하하."

"아니요. 제가 만나본 의사 선생님 중에서 가장 서민적이신걸요. 호호."

방문진료를 시작한 지 얼마 되지 않아 늘 허둥지둥하던 때였는데, 아마 나를 격려해 주고 싶으셨던 것 같다. 뜻밖의 말씀에 머쓱해하는 나에게, 김 약사님은 기어코 한마디를 덧붙이셨다.

"선생님은 다른 원장님들이 보지 못하는 지역의 깊은 사정을 잘 보실 거 같아요."

사실, 김 약사님이야말로 지역의 깊은 사정을 잘 알고 헤아리는, 마을의 산증인이라 할 수 있다. 한자리에서 30년 가까이 주민들의 건강을 돌보셨으니까. 약사님은 늘 환자의 상황에 맞게 약을 안내해 주신다. 흔하지 않은 약도 구하려고 애써주신다. 그분께 배우는 것이 참 많다.

그래서일까. 내게 해주신 "지역의 깊은 사정을 보실 거 같아요"라는 말은 분명 칭찬이었지만, 내게는 그 말이 지역 선배로서 "꼭 그렇게 하셔야 합니다"라는 말로 들렸다. 지금도 나는 종종 방문진료 의사로서의 내 역할이나 일에 대해 고민할 때마다 그 말을 곱씹는다.

　김 약사님처럼 내가 '특별한 신념을 가진 의사'라고 생각하는 사람들이 더러 있다. 이들은 내가 언제부터 그런 의사가 되기로 마음먹었는지 궁금해한다. 그러나 나는 사실 특별한 신념을 가졌던 것도, 의사가 되고 싶었던 것도 아니었다.

　나는 지방의 일반계 고등학교를 나왔다. 여느 학교들과 마찬가지로 우리 학교 역시 공부로 무언가를 이루려는 친구들과 공부에서 손 뗀 친구들로 나뉘어 있었다. 일반계 고등학교에서 공부에 손을 뗐을 때 고를 수 있는 선택지는 현저히 적었고, 나는 어쩔 수 없이 '공부는 해야 한다'는 강박 속에 3년의 시간을 보내야 했다.

　그래도 우리는 서로가 경쟁자라기보다는 친구라는 감정을 공유하고 있었다. 씨름, 배구, 축구 등 반 대항 경기라도 있는 날이면 정말 죽기 살기로 격렬하게 뛰었고, 끝나면 서로를 응원하며 진한 포옹으로 경기를 마무리했던 훈훈한 기억이 아직도 생생하다. 당시 나눴던 친구들과의 우정, 그들이 내게 보여준 호의와 환대는 지금까지 내 삶을 지탱하는 자양분이 되어주었다.

학교는 전교에서 공부 좀 한다는 학생들을 따로 모아, 밤 10시까지 공부를 시켰다. 보통 학생들은 자기 교실의 자기 자리에서, 반에서 3등 안에 드는 학생들은 과학실 같은 곳에 모여 따로 자습했다. 매년 졸업 시즌이 되면 교문에는 서울권 대학, 의·약학대학, 교육대학 등에 합격한 학생 이름을 적은 대형 현수막이 걸렸는데, 여기에 이름을 올릴 법한 학생들을 학교가 특별관리 대상으로 삼은 것이었다. 나도 이 대상에 포함됐는데, 고민 끝에 거부했다. '특별한 신념'이 있어서가 아니었다. 그냥 반 친구들과 같이 떠들고, 혼나고, 친구가 선생님 성대모사 하는 걸 보면서 함께 웃고 싶었다. 그게 더 좋았다.

의대는 수험생 중 1퍼센트만이 갈 수 있는 초인기 학과다. 의사라는 직업이 갖는 사회적 지위나 안정감, 높은 수입 때문일 테다. 그러나 나는 왠지 모험적인 미래가 더 끌렸다. 의사란 그저 병원에 앉아서 편하게 돈 많이 버는 직업이라고, 의사가 되면 전혀 창의적이지 않고 고리타분한 일을 할 거라고 짐작했다. 대신 공학을 전공해 삼성 같은 기업을 만들거나, 그런 기업에 입사해 높은 자리를 차지하겠다는 포부를 키웠다. 공학 기술을 개발해 부가가치를 창출하고 산업

발전에 이바지하는 것이 사회적으로 더 바람직하고, 더 어렵고, 더 재미있는 일이라고 생각했다.

마침내 입시가 다가왔다. 수시 모집에서 원하는 대학의 공과대에 지원했다가 고배를 마신 나는 마지막 정시 모집에서 두 군데 공과대학과 어디에 있는지도 몰랐던 의과대학 한 군데, 총 세 군데에 지원했다. 어차피 내 목표는 둘 중 하나였으니, 의과대학은 나와 아무런 인연이 없을 거라고 굳게 믿은 채 말이다. 하지만 내 성적은 애매했다. 여러 입시 방정식이 작용한 끝에 나는 생각도 하지 않았던 의과대학에만 합격하고 말았다.

친한 친구 중에 "의사는 되지 않겠다"는 내 포부를 인정해 주던 아이가 있었다. 그 친구는 일찍부터 프로그래밍(코딩. 당시에는 주로 프로그래밍이라고 했다)을 하던 멋진 괴짜로, 실제로 공대에 진학했다. 그와 같은 길을 가겠다고 호언장담했던 나로서는 친구를 볼 면목이 없었다. 이후 내 상황을 알게 된 친구는 "실망스럽다"고 했다. 나는 고민이 더 깊어졌다. 한 번도 생각해 보지 않았던 진로라니. 그래도 수능 공부를 또 하고 싶지는 않았고, 다른 특별한 선택을 할 만큼 과감하고 자유로운 성격도 못 됐다.

"일단 대학에 가자."

문득, 의대에 가서도 과학자가 되거나, 내가 생각했던 것과 비슷한 일을 할 수도 있겠다는 생각이 들었다. 그렇다. 합리화다.

부모님은 생각보다 좋아하시는 듯했다. 그다지 유명하지 않은 지방대학이었지만 의대였으니까. 고등학교 때 의대생 형에게 잠시 과외를 받은 적이 있었다. 그 형은 서울의 인문대학을 다니다가 광주의 의과대학에 입학한 경우였는데, 내가 의대에 간다고 했더니 매우 잘된 일이라고 해주었다. 공대 가는 것보다 더 어려운 게 의대 가는 거라고 하면서.

이렇게 합리화 과정이 순조롭게 이루어졌다. 다만, 의대에 입학하는 것으로 실망을 안겨주었던 친구에게만은 '훗날, 내 기필코 너를 실망시키지 않는 삶을 살겠다'라고 굳게 다짐했다. 이것만은 합리화가 아닌 진심이 담긴 결심이었다.

지금의 나를 보며, 그 친구는 예전의 실망을 거두었을까. 잘 모르겠다. 그래도 김 약사님 같은 분들을 만나 이야기를 나누다 보면 가끔은 내가 그 친구를 실망시키지 않는 삶 안에 조금은 들어와 있다는 생각도 한다. 그리고 이 삶 안에서 함께 움직이는 이들을 본다.

방문진료는 의사 혼자 하는 일이 아니라, 지역사회의 여러 사람이 함께하는 종합선물세트라고 봐야 한다. 약사님뿐 아니라, 요양보호사님, 사회복지사님, 간호사님 등 수많은 이들과 힘을 합쳐야 한다. 그들 없이 나 혼자 할 수 있는 것은 거의 없다고 봐야 한다. 어디 그뿐일까. 동네 슈퍼, 약국, 미용실, 정육점, 떡집, 분식집 등의 공간도 중요하다. 이곳들에서 사람들이 모여 이야기꽃을 피우며 든든한 관계를 맺고, 중요한 정보를 주고받고, 이로써 서로가 서로를 도울 수 있게 된다. 어쩌면 건강의 본질은 함께 울고 웃고 부대끼며 살아가는 과정에 있는지도 모른다.

비록 그 친구와 함께 꿈꿨던 '산업 발전에 이바지하는 삶'은 살고 있지 못하지만 나는 이들과 함께 '건강의 본질을 탐구하는 삶'을 살고 있으니, 이것도 꽤 근사한 일 아닐까. 이 말만큼은 합리화가 아니다. 진실이다.

어쩌면 건강의 본질은 함께 울고 웃고

서로 부대끼며 살아가는 과정에

있는지도 모른다.

산책이
너무 하고 싶어요

군대 가는 심정으로, 전라도 광주에서 강원도 강릉으로 대학에 갔다. 대학생이 되던 해 4월 5일, 무릎까지 눈이 왔던 게 기억난다. '아, 내가 강릉에 왔구나' 실감하던 순간이었다.

대학 생활은 고등학교 생활의 연장인 듯 보였다. 같은 반 동기들 약 50여 명과 거의 같은 수업을 들었다. 주말이면 선배들, 동기들 대부분이 서울로 갔다. 절반 이상이 서울 출신이라 집에 가는 거였다. 난 광주가 너무 멀기도 하고, 강릉에서 살아보고 싶다는 생각도 있어서 집에 가는 대신 주말에할 것들을 찾았다. 친구를 실망시키지 않겠다는 다짐을 마음에 새긴 채 먼저 의사의 역할을 대해 탐구해 보기로 했다. 대학에서는 누구도 의사가 누구이며, 어떤 역할을 해야 하는지 가르쳐주지 않았다. 나는 의료를 주제로 한 소설, 영화, 책들을 찾아보면서 의사란 무엇을 하는 사람인지, 나는 어떤 의사가 되어야 할지 생각했다.

가장 먼저 와닿았던 것은 '아픈 자를 돕는 사람'이라는 역할이었다. 어쩌면 그것이 진정한 의사의 사명 아닐까. 아직 아무런 의학 지식은 없었지만 앞으로 그런 삶을 살아야 하니, 일단 타인을 돕는 것부터 시작해 보기로 했다.

우리 의과대학에는 '누룽지'라는 이름의 의료봉사 동아리가 있었다(왜 동아리 이름이 누룽지인지 아직도 잘 모르겠다). 누룽지를 담당하던 교수님은 정말 멋진 분이었다. 그는 '예방의학'을 전공한 의사로, 의학뿐 아니라 경영, 사회복지, 지역사회 등의 분야를 연구하고 관련 활동을 하고 있었다. 학문적으로 뛰어나다는 점도 인상적이었지만, 학생들과 함께 방문진료를 다니고 토론하고 학생들에게 맛있는 것도 사주는 분이라 더 좋았다. 그 교수님의 생각은 다른 의사들의 생각과 좀 다른 듯 보였다. 그는 사회를 먼저 생각했고, 강릉의 아픈 분들을 진심으로 사랑했다. 그를 너무 따르고 싶어서,

나도 누룽지 활동을 더 열심히 하게 되었다.

처음 방문했던 곳은 젊은 시절 사고로 반신마비가 된 환자 E의 집이었다. E는 어머니와 함께 살고 있어서, 우리가 가면 언제나 그의 어머니가 반겨주며 커피와 함께 과일 등 먹을거리를 내주었다. 나는 함께 간 동기 누나와 전자 혈압계로 그의 혈압을 체크했다. 그것이 끝. 거기까지가 우리가 할 수 있는 의학적인 역할의 전부였다. 그다음에는 이런저런 대화를 했다. 그는 주로 방에서 텔레비전을 보며 시간을 보낸다고 했다.

우리는 약 2주 간격으로 E를 찾았다. 처음에는 그냥 방에서 이야기를 나눴다.

"산책이 너무 하고 싶어요."

어느 날부턴가 E가 이런 이야기를 자주 했다. 그는 혼자는 물론 어머니가 나서도 휠체어를 탈 수 없을 만큼 거동이 불편한 상태였다. 어쩔 수 없이 외출을 거의 포기하고 있던 상황에서 젊은 사람 둘이 찾아오자, 우리가 자신을 옮길 수 있지 않을까 싶어 그리 이야기한 모양이었다. 그의 바람대로 우리는 그를 휠체어에 태우고 밖에 나가보기로 했다.

E의 집은 우리 대학 뒤편의 천변에 자리하고 있었다. 그

덕에 밖으로 나가자마자 천변을 누빌 수 있었다. 매일같이 보는 장소였는데, 그와 함께 가니 또 새로운 느낌이었다.

"거리 카페에 한번 들르시죠."

산책이 끝나갈 무렵 E가 말했다. 거리 카페라니, 그런 게 다 있나 싶어 주위를 두리번거리는데 그가 어딘가를 가리켰다. 그곳에는 자판기가 놓여 있었다. 그의 위트에 피식 웃으며, 우리 셋은 자판기 커피를 달게 마시고 집으로 돌아왔다. 이것이 그를 만날 때마다 우리가 했던 일이었다. 그렇게 E를 약 1년 반 가까이 찾아갔다.

한번은 그가 담배를 피우고 싶다고 했다.

"일진 애들이 시켜도 담배는 사다 준 적 없는데."

나는 툴툴거리며 난생처음 담배 심부름을 했다. 순전히 그와의 관계 때문이었는데, '담배는 건강에 나쁜 것'이란 편견을 강하게 품고 있던 나로서는 그의 어머니에게 너무 죄송했다. 기껏 의료봉사를 왔다는 것들이 장애 있는 아들을 데리고 나가 담배를 피우게 하다니. 고민 끝에 교수님께 이 문제를 말씀드렸다. 그때 교수님이 어떤 답을 주셨는지 정확히 기억나진 않는다. 아마 피우지 않으시도록 잘 이야기해 보라고 하셨던 것 같다. 확실치 않다. 확실한 것은 내가 그 담배를 기숙사 책상 서랍에 넣어두었다는 것 그리고 그 담배가 어디로 갔는지 모른다는 것이다.

나는 실제로 E에게 담배를 피우지 않는 게 좋겠다고 말했다. 그는 매우 실망했고, 그 반응을 본 나는 매우 당황했다. E는 그다음부터 이야기를 할 때 나를 잘 쳐다보지 않았다. 같이 갔던 동기 누나에게만 주로 말을 걸었다. 안 그래도 그와 대화하는 비율이 누나와 내가 7대 3 정도였는데, 어느 순간 9대 1이 되더니 곧 10대 0이 되어버렸다. 가끔 힘 써야 하는 일이 있을 때가, 내가 필요한 순간의 전부였다. 나는 E와 만날 때면 크게 낙담하지 않으려 애써야만 했다.

그러다 어느 순간부터 나는 그에게 편하게 담배를 사다 주었다. 우리 관계가 점차 회복된 것은 물론이다. 담배가 건강에 얼마나 나쁜지에 대하여 나는 수도 없이 들었다. 하지만 E가 담배를 피우고 싶어 하는 마음도 이해가 됐다. 오히려 담배가 그의 몸에 조금 해로우면 어떤가 싶기도 했다. 그는 산책을 하며 담배 맛을 제대로 느껴보고 싶었을 것이다. 우리와 만나는 시간이 담배를 피울 수 있는 유일한 순간이었을 테니까.

담배, 하니까 갑자기 떠오르는 장면이 하나 있다. 본과 3학년이 되어 병원 실습을 하던 때였다. 실습 첫날. 호흡기내과가 나의 첫 번째 실습 파트였다. 교수님을 따라 병동에 들어갔는데 기관지 절개를 하고 기계 호흡을 하던 환자가 나를 보며 무언가를 말하려고 했다. 눈치 빠른 간병인이 한마디 던졌다.

"아니, 선생님한테 담배를 달라고 하면 어떡해. 몸 건강해지는 약을 달라고 해야지."

간병인은 웃으면서 환자에게 가볍게 핀잔을 주었다. 교수님의 회진은 매우 엄한 분위기였기 때문에 나는 속으로는 이 상황이 무척 재미있다고 생각했지만 겉으로는 전혀 웃지 않았다. 회진이 끝나고 같이 실습하는 동기들에게 "그분에게 담배를 가져다 드리면 어떨까?" 하고 물었다. 정말이지 그 환자에게 담배를 주고 싶었다. 옛날 생각이 떠올라서였다. 하지만 역시 나는 쫄보였을까. 당연히 담배를 건네지 못했다. 아쉽지만, 그것은 내 용기 밖의 일이었다. 그런데 왠지 마음 한 편이 걸렸다. 첫 의료봉사 때 E를 실망시켰던 기억이 자꾸 떠올랐다.

다음 날 또다시 그 병동에 회진을 갔다. 그런데 담배를 달라던 그 환자가 보이지 않았다. 하루 전, 노련한 농담으로 분위기를 밝게 만들었던 간병인이 담담하게 알려주었다.

"그분은 다시 올 수 없는 곳으로 가셨어요."

아차. 어제 담배를 건넸어야 했다. 그 환자는 병원 생활을 오래 하면서 나 같은 쫄따구가 그나마 자기 말을 들어줄 가능성이 있다는 걸 바로 간파했던 거였다. 담배를 한 대 피우고 갔다면 얼마나 행복했을까. 얼마큼 간절했기에 나에게 말을 걸었을까.

이것이 병원 실습 첫 주에 일어난 일이었다.

그 주에 실습을 하면서 환자의 병력 청취를 해오라는 숙제가 주어졌다. 나는 폐에 문제가 있어서 병원에 입원한 어느 환자를 만나 이야기를 듣게 됐다. 그는 웃으며 이렇게 말했다.

"애가 아직 어려요. 너무너무 귀엽지. 근데 애가 매일 내 가슴팍 위에서 뛰어노는 거야. 아무래도, 그래서 내 가슴이 아픈 것 같아요."

진지한 이야기는 아니었지만, 나는 그 부분이 인상 깊어서 이를 그대로 적어 교수님에게 제출했다. 교수님은 그 자리에서 내 기록지를 박박 찢더니 그대로 내 얼굴에 던졌다.

나는 굴하지 않고 항변했다.

"아니, 환자가 그 부분이 중요하다고 생각해서 이야기한 건데, 이게 환자의 병력과 관계없다면 대체 무엇이 그분 병과 관계 있는 겁니까!"

교수님은 당차게 말하는 나를 보더니 머리를 한 대 쥐어박았다.

그 일 이후 병원 실습에 흥미를 잃어버린 나는 환자들과 즐거이 대화하고 병원 시스템을 파악하는 정도로만 실습에 임했다. 그 교수님에게는 아무 감정도 없다. 담배를 한 대 드렸어야 했는데.

다시 E의 이야기로 돌아와, 격주로 산책을 하다 보니 우리는 꽤 친해졌다. 나는 그의 상황을 속속들이 알게 되었다. E는 자신이 장애수당을 받고 있는데 친형이 그것을 탐낸다고 하면서, 그 돈이 정확히 잘 들어오고 있는지 직접 은행에 가서 확인해 보고 싶다고 했다.

1학년 2학기의 어느 주말, 나는 그의 소원을 들어주어야겠다고 마음먹었다. 동기 누나는 그날 다른 일이 있다고 해서, 내 부탁을 들어줄 친한 동기 형을 당차게 깨웠다.

"형, 나랑 좋을 일 하러 갑시다!"

그 형은 주섬주섬 일어나더니, 나의 어이없는 부탁을 흔쾌히 수락했다. 됐다. 둘이면 갈 수 있다.

우리는 E의 집으로 가서 그를 휠체어에 태우고 택시를 잡았다. 그러고는 택시에 휠체어를 싣고 그를 태운 채 시내의 은행으로 향했다. 은행에 도착해서 한 일은 그저 확인하는 것뿐이었다. 다행히 큰 문제는 없었고, E는 크게 안도했다. 우리는 그를 다시 휠체어에 태웠다. 그는 고마우니 자신이 점심을 사겠다고 했다.

우리는 E가 탄 휠체어를 그대로 끌고 천변을 따라 달렸다. 그 순간은 마치 일본 애니메이션에서, 주인공들이 자전거를 타고 햇살 가득한 천변 위를 달리는 장면 같았다고 기억한다. 아름다웠다. 그렇게 아름답게 달려 우리가 도착한 곳은 한라반점. 우리는 거기서 쟁반짜장을 먹었고 어김없이 거리 카페에서 커피를 한잔 때리고 돌아왔다. 담배도 한 대 피웠겠지?

어느 날, 시설에 입소했다는 소식을 끝으로 E와의 관계는 끊어지고 말았다. 그와의 만남은 나에게 강렬한 추억을 남겼다. 그의 삶에 분명 동정심도 있었고, 때때로 그의 소심한 구석이 잘 이해되지도 않았다. 하지만 꽤 오랜 시간 그를 만나다 보니 그가 어떤 사람인지 조금은 알 수 있었다. 그가 처한 상황을 먼저 잘 들여다보아야만 그의 언어와 행동이 납득될 수 있는 것이었다.

E는 더 건강해져야 했을까. 더 건강해진다는 건 어떤 의미일까. E를 만나고 너무나 많은 의문이 떠올랐다. 그중 계속 내 뇌리를 흔들었던 생각은 이것이었다. E는 우리 사회에서 상품 가치가 사라진 사람이구나. 그래서 아무도 그를 찾지 않았고, 그래서 그와 그의 어머니가 우리를 반겨주었구나. 그렇다면 내가 했던 건 정말 의료봉사가 맞았을까.

우리는 상품 가치가 없는 사람에게 무관심하다. 혹은 그런 사람을 봉사의 대상으로만 조명한다. 그런 조명의 시간도 길지 않다. 봉사받을 수 있는 상황이 끝나면, 사실상 그에게는 아무도 관심을 쏟지 않는다. 게다가 봉사의 방식은 어떤가. 너무 일방적이지 않은가. 봉사하는 사람이 원하는 시간에, 원하는 방식으로만(돈이든 물품이든) 주어진다. 봉사받는 사람에게는 발언권이 없다.

나는 의사란 아픈 사람을 돕는 사람이란 생각으로 E를 찾았지만, 그와의 만남이 끝난 후 생각이 완전히 달라졌다. 나는 그를 도운 적이 없었다. 정확히는 그를 도울 수 없었다. 그저 약간의 호의를 보였을 뿐. 그는 나를 만나지 않아도 됐겠지만 선택의 여지란 없었을 것이다. 그에게 장애가 있다는 이유만으로, 내가 의대생이라는 이유만으로, 나는 그를 만날 수 있었다. 내가 엄청난 힘을 가지고 있었던 것이다.

문득 지난 학창 시절을 떠올렸다. IMF 위기가 터지면서 갑자기 나를 둘러싼 세상이 격변하던 당시, 나의 아버지는 명예퇴직, 정리해고의 단골 직종인 금융권에서 일하고 계셨다. 텔레비전에서는 직장에서 잘린 가장들이 양복을 입고 출근하는 척 나갔다가, 옷을 갈아입고 산을 서성이다가, 다시 양복을 갈아입고 귀가하는 장면이 계속 등장했다. 그 장면을 보노라면 혹시 우리 아버지가 저러고 계시는 건 아닐까 걱정이 앞섰다. 그러면서, 암암리에 나 자신이 '좋은 상품'이 되어야만 한다는 강박을 마음 깊숙이 새기게 됐다.

나는 의대에 입학했으니, 제법 좋은 상품이 될 가능성을 품게 된 셈이었다. 하지만 E와의 만남은 스스로를 상품화하여 자신의 값어치를 높이는 일에 대해 의문을 갖게 만들었다. '자기 자신을 상품화해야 살아남을 수 있다'고 IMF가 가르쳐줬는데, 모두가 거기에 목숨을 걸고 있는데, 그럴 수 없는 사람이나 상황이 있을 수 있겠구나. 장애가 있는 E처럼. 그렇다면 이건 공정한 게임이 아니지 않을까? 나는 이 불공정성을 모르는 척하고 계속 이 게임에 참여해야 하는 걸까? 아니, 애초 E처럼 자기상품화를 할 수 없다고 해서 그것이 그렇게 불행한 일일까?

당시 나에게는 그런 의문을 해소할 만한 지식과 능력이 없었다. 그저 자기상품화라는 삶의 방향이 틀렸을 수도 있겠다, 정도의 생각만 했을 뿐.

그러면서, '상품화하지 않는 삶'을 상상하게 됐다.

상품이 아닌 나만의 '품'을 가지는 삶.

그러고 보니 E는 자기만의 '품'을 가지고 있었다. '거리 카페'라 명명한 커피 자판기를 좋아했고, 객관적으로 편치 않은 자신의 여건에 대해 설명하면서도 유머를 잃지 않았다. 나와 담배 문제로 실랑이를 벌일 때도 자존심을 지켰다. 도움을 주러 온 내게 받기만 하려 하지 않았고, 담배를 피우게 해달라고 당당히 요청하기도 했다. 미래의 의사에게 말이다! 어디 그뿐인가. 나와 함께 은행도 갔고 목욕도 했다.

그랬다. 나는 E와 그의 어머니가 보여준 '품' 그리고 조건
없는 호의를 통해 깨달았다. 이 경험을, 앞으로 내가 의학을
배워가는 방식으로 삼아야겠구나. 그들이 내게 보여준 태도
를 장착하고 더 많은 사람들을 만나야겠구나.

병원 밖에 아픈 사람들의
삶이 있음을

누룽지 활동을 하면서 꽤 오랜 기간 방문했던 환자가 있다. 그는 전신이 마비된 남자로, 항상 집에 누워 있었고 그 옆에서 아내가 24시간 그를 보살피고 있었다. 그는 기관지를 절개해 기계 호흡을 하고 있던 터라 잠시 동안만 산소 호스를 떼고 쉰 목소리로 이야기를 할 수 있었다.

그는 하고 싶은 말이 참 많은 듯했다.

"의학이 더 발달하면 내 생각을 선생님들한테 쉽게 전할 수 있을 겁니다."

그는 종종 유쾌한 목소리로 이렇게 말했다.

우리는 산책을 할 수도 없었기에, 그저 그와 담소를 나눌 뿐이었다. 그의 아내와도 간식을 먹으며 종종 이야기를 나눴다. 그의 아내는 우리를 상냥하게 대해주었다. 어떤 날에는 마당의 감나무에서 감을 따서는 집에 갈 때 가져가라고 싸주기도 했다.

그의 아내는 욕창이 생기지 않도록 남편의 몸을 종일 30분 간격으로 돌려주어야 했다. 집안일을 하다가도 남편이 벨을 누르면, 그 소리를 듣고 달려와서 남편을 살폈다. 그렇게 하루하루를 살아갔다. 그 집을 방문할 때는 산책 없이 잠시 대화 나누는 게 할 일의 전부여서 불편할 일이 없었는데, 나중에 선배들 이야기를 들어보니 처음에는 그의 아내가 우리의 방문을 달갑게 여기지 않고 거부하는 등 매우 신경질로 나와서 힘들었다고 했다. 그러다 시간이 지나 마음이 풀렸는지 우리를 환영하게 되었다는 것이다.

생각해 보니, 나아질 거라는 기약도 없이 24시간 내내 아픈 남편을 돌봐야 한다면 세상을 원망하는 게 당연할 것 같았다. 예전의 예민했던 모습을 전혀 몰랐던 나는 그저 그의 아내가 친절한 사람이라고만 생각했는데…….

당시 나는 의료 현실이 어떤지 상상조차 하지 못 하던 대학생에 불과했다. 그때 접한 병원 밖 환자들의 삶은 바라보는 것조차 고통스러울 만큼 충격적이었다. 그런 상황에서 내가 무엇을 할 수 있을지 의문이 들었다. 지금은 어떨까. 크게 다르지 않다. 전처럼 충격을 받진 않지만 무력감이 불쑥불쑥 찾아오는 것만큼은 어쩔 수 없다.

몇 년 전 내가 돌보던 환자 중에 당시 고등학교 졸업반인 J와 그의 어머니가 있었다.

"선생님 언제 와요? 보고 싶어요."

'보고 싶다'는 말을 들으면 애틋해진다. J의 전화를 받았을 때가 꼭 그랬다. 들을 거라 전혀 예상치 못했던 말을 J는 갑작스레 전화로 하곤 했다.

J 모자와는 복지관에서 전반적인 건강관리를 요청해 2년째 만나고 있었는데, 목표 달성이 쉽지 않았다. 두 사람은 체중 감량이 절대적으로 필요한 고도비만 상태였지만, 먹는 것을 잘 조절하지 못했다. 체중 이야기를 하면 상처를 받아서 살 빼자는 이야기도 꺼내기 힘들었다. 여기에 J는 정신질환 등 여러 질병으로 고생 중이라 때때로 병원에 입원하기도 했다. 차근차근 만성질환을 관리하고 병원에 의존하기보다 자

기를 돌보는 힘을 기르면 좋겠지만, 내가 무능한 탓에 진전이 없었다. 방문진료 의사로서 낙제점이라는 생각이 들도록 하는 집이었다.

J는 전화로 이사를 준비 중이라고 했다. 그러면서 지금 사는 집에는 쥐가 있다고 했다. 반지하라 집이 어둡고 습한 건 알았는데 쥐가 있다니, 소름이 돋았다. 내가 살던 집에도 바퀴벌레가 많아 신경이 쓰이긴 했었다. 곧 익숙해져서 자연스럽게 잡기도 하고 못 본 척하기도 했지만. 그래도 바퀴벌레 정도는 함께 살 만한데 쥐는 좀 심하지 않은가. J와 그의 어머니가 이사를 간다니 참 다행이다 싶다가도, 모자가 떠난 그 집에 새로 이사 온 사람을 내가 또 진료하러 방문하게 될지도 모르겠다는 씁쓸한 예감이 들었다.

쥐 나오는 집만큼이나 내게 강렬한 기억을 남긴 집이 있다. '집'이라기보다는 식당 있는 상가 건물 한쪽에 딸린 '방'인데, 주민센터 담당자는 찾아가기 어려울 테니 동행이 필요하면 말하라고 했다. 남의 집 드나드는 데 자부심이 있는 나는 혼자 가도 괜찮다고 했고, 역시나 기가 막히게 그 집을 찾아냈다.

햇볕이 따사로운 한낮이었는데도 그 방은 어두컴컴하고

눅눅했다. 문은 열려 있는데 사람이 없었다. 분명히 전화로 약속하고 왔는데……. 일단 불을 켜고 주인 없는 집을 둘러보았다. 건강의집은 산동네에 위치하고 있어서 반지하지만 1층 같은 느낌인데, 이 집은 분명히 1층이지만 볕이 전혀 들지 않는 반지하 같은 느낌이었다. 널브러져 있는 이불과 담배, 라면을 슬쩍 눈으로 훑고 문 밖으로 나서려는데, 걸려 있는 빨래가 눈에 들어왔다.

'요즘 소나기가 자주 오던데 빨래는 괜찮으려나.'

퍼뜩 떠오르는 생각에, 나는 그 집의 주인이자 주민센터 담당자에게 의뢰받은 환자에게 전화를 걸었다.

마침, 그가 왔다. 그가 타고 있는 전동휠체어에는 폐지와 재활용품이 지저분하게 실려 있었다. 성치 않은 몸으로 전동휠체어를 타고 다니며 폐지를 줍는 것이었다. 잠시 시간을 허락받고 이야기를 나눴다. 아픈 데는 없는지, 어떤 약을 먹고 있는지, 어떻게 살아왔는지. 말이 어눌한 편이라 그의 이야기를 100퍼센트 이해하긴 어려웠지만, 그래도 목적을 달성하기에는 충분한 대화를 나눴다. 슬슬 돌아가려는데, 그가 말했다.

"병원에 안 가도 되죠?"

"네, 제가 처리해 드릴게요."

본인이 직접 병원에 가서 진료받고 서류를 받아야 하는데 그게 힘드니, 내게 주민센터에 가서 방문진료로 처리해 달라는 부탁이었다. 그가 혼자 병원에 찾아가기는 어려워 보였다. 그는 미소를 지으며 내게 '엄지 척'을 했다. 나도 '엄지 척'으로 화답했다.

웃으며 헤어졌지만 발걸음은 무거웠다. 부끄럽게도 나에게는 충분한 실력이 없다. 내가 할 수 있는 일은 그저 보고 싶다고 할 때 찾아가고, 행정적인 처리가 필요할 때 도움을 주는 것 정도이니까. 어떨 때는 나 말고 실력 있는 누군가가 나서서 이들의 몸과 마음을 말끔히 치료해 주면 좋겠다는 생각도 든다. 방문진료란 이렇게 지독한 자책감을 견디며 나아가는 일일지도 모른다.

건강하게 살아가는 것은 정말 어려운 일이다. '건강이 제일'이라는 이야기를 귀에 못이 박히도록 들어왔지만, 의사인 나조차 건강을 지키려면 어떻게 해야 할지 선뜻 말하기가 어렵다. 점점 더 그렇다. 개개인의 노력도 중요하지만 그것만으로 되는 일은 아니라는 걸 시간이 지날수록 더 많이 보고 느끼기 때문이다.

장애가 있는 엄마와 아들에게, 폐지를 줍는 홀몸 노인에게 나는 어떤 처방을 내려야 할까. 사는 집, 먹는 음식, 경제적 능력 등 개인을 둘러싼 환경이 이렇게나 건강에 큰 영향을 끼치는데. 환자들의 삶은 모두 병원 밖에 있다. 그 삶을 우리는 어떻게 보듬어야 할까. 의사는 이런 상황에서 어떤 역할을 할 수 있을까. 사실상 치료 이후의 삶에 대한 책임과 의무는 없는 것일까.

2008년 이후부터 노인장기요양보험이 시작됐고, 제도화된 돌봄과 요양 서비스가 병원 밖 환자들을 관리하고 있다. 하지만 하루 서너 시간의 서비스가 24시간 남편의 몸을 돌려주어야 하는 아내에게 과연 큰 도움이 될지, 혼자 사는 노인의 외로움을 얼마나 덜어줄 수 있을지, 나는 여전히 잘 모르겠다.

병원 밖 환자의 삶을 마주한 나는 이전의 나와 같을 수 없었다. 자연히, 내 의대 생활과 밖을 헤매는 활동은 서서히 분리되어 갔다. 점점 '어떤 과를 전공하면 평균 수입이 얼마가 될 것'이라는 이야기, 교수가 될지 자기 병원을 차릴지 등 보통 '미래에 대한 준비'로 일컬어지는 이야기에 끼어들기 어려워졌다. 동료들은 공부의 의미를 찾기보다 공부의 결과만 바라보며 달리는 듯 보였다.

의사가 되려면 우리 몸의 세세한 부분까지 알아야 했기에, 대학에서 내가 외워야 할 지식의 양은 실로 어마어마했다. 매주 시험을 치르며 교수들은 성적으로 학생들을 협박했다. 그 안에서 살아남으려면 버텨야 했고, 그 과정에 적응해야 했다. "왜 공부를 이런 방식으로 해야 할까?" 하는 생각이 떠나질 않았다. 사람들이 아파하며 갖게 되는 '불안'을 함께 겪어내는 의사가 되고 싶었는데, 왜 의사가 되기 위해 경쟁하느라 '불안'에 떨며 공부해야 하는지 의문이었다. 불안한 사회에서 안정적인 삶을 추구할 것, 의사가 되어 아픈 사람의 불안을 돌볼 것, 의사가 되기 위해 끝없이 경쟁할 것. 이 모든 명령이 모두 잘 맞물리지 않는 톱니바퀴처럼 내 안에서 삐걱거렸다.

불안을 감내하며 맹목적인 경쟁을 성공적으로 완수해야만 원하는 직위에 오를 수 있고, 더 많은 수입을 얻을 가능성이 생긴다. 나는 그러고 싶지 않았다. 건강할 수 없는 환경에서 살아가는 사람들 곁에 머무르며, 무엇이 그들을 그 상태에 놓이게 했는지 알고 싶어졌다. 그러려면 끊임없는 경쟁을 거쳐 의사로 훈육되는 과정에 적응하지 않기 위해, 부단히 노력해야 했다.

> "의사인 당신은 그 환자에게 어떤 처방을 내릴 건가요? 그녀의 병이 영양 결핍과 신선한 공기 부족에서 온 빈혈증임을 금방 알아차린 당신은 어떤 처방을 내릴 수 있나요? 매일 좋은 비프 스테이크를 먹으라고 하나요? 신선한 공기 속에서 운동을 조금 하라고 하나요? 아니면 환기가 잘 되는 침실을 처방할 건가요? 이 무슨 아이러니입니까? 그녀가 그럴 능력만 있었다면 당신의 충고를 기다리기 전에 이미 그렇게 했을 테니 말입니다!"

> ― P. A. 크로포트킨,《청년에게 고함》중에서

상품이 되지 않기
위하여

누룽지 활동 이후, 나는 상품이 되지 않는 삶으로 나아가려면 무엇을 해야 할지 따져보기 시작했다. 그러다 당장 눈앞에 닥친 일부터 차근차근 해보기로 했다.

대부분의 의과대학 친구들은 무슨 과목을 전공할지, 어떤 병원에서 수련받을지, 그렇게 할 때 삶의 질이 어떨지를 고민했다. 의대생에게 인기 있는 과는 보통 '돈을 많이 벌 수 있는 과'와 '격무에 시달리지 않고 품위를 유지할 수 있는 비교적 편한 과'다. 나는 의도적으로, 그런 선택지를 쳐다보지 않으려고 노력했다. 대신 어떻게 하면 눈에 잘 띄지 않는 아픈 이들을 만날 수 있을지 궁리했다. 그러면서 독거노인들을 위한 방문진료나 이주노동자 무료 진료에 참여했다. 본과 2학년이 되던 2008년에는 서울 강북구에서 독거노인들을 만났다. NGO 단체를 통해 독거노인 돌봄 봉사를 했는데, 누룽지에서 했던 것처럼 지속적으로 방문하면서 그들이 병원에 갈 때 동행하기도 했다.

단순히 봉사활동을 하고자 했던 게 아니었다. 나는 궁금했다. 왜 이들은 상품화한 삶에서 멀어졌는지, 그게 온당한지, 우리는 어쩌다 단절되었는지. 나는 그들의 이야기를 하나하나 귀 기울여 들었다. 한번은 버마 출신 이주민들을 만나 그들의 '투쟁의 역사'에 대해 듣기도 했다. 그러면서 '이들의 건강은 이들이 염원하는 민주화와 연결되어 있구나' 깨닫기도 했다.

2011년 1월, 드디어 의사국가시험을 무사히 마치고 의사가 되었다. 대부분의 의사는 의대를 마치고 전문의가 되기 위해 대학병원에서 수련의 과정을 시작하는데, 일단 나는 군복무를 위해 공중보건의사로 근무했다. 전문의가 되고 싶기도 하고 되어야 한다는 생각도 있었지만, 공중보건의사를 하며 천천히 고민해 보고 싶었다.

공중보건의 생활 중 1년 동안은 서해 최북단 섬 백령도에서, 2년 동안은 경기도 남양주시에서 일했다. 그러면서 공부도 하고 책도 읽고, 휴일이면 여러 투쟁 현장을 찾았다. 당시 친하게 지낸 친구인 환희(일명 '화니짱')와 함께였다. 화니짱은 타 지역 교사였는데, 휴직하고 사회학을 공부 중이었다. 우리는 교회에서 우연히 만났다. 마침, 교회 생활은 둘 다 잘 맞지 않았고 의기투합한 화니짱과 나는 시간이 허락하는 만큼 이곳저곳을 돌아다녔다.

그때 강정마을에서는 해군기지 반대 투쟁이 한창이었다. 강정마을에서 우리는 지나가는 여행객들에게 투쟁에 대해 설명하고, 1인 보트에 올라탄 채 바다를 항해하며 경계 근무(?)를 서기도 했다(그 당시에는 아름다운 구럼비 바위가 있었는데, 얼마 전 가본 강정마을에는 해군기지가 들어서 있었다. 정말 참담한 심정이었다). 그러고 나서는 부산으로 넘어가 부산 한진중공업 투쟁 때 희망버스 대열에 합류해 최루액을 맞기도 했다.

이때는 젠트리피케이션 문제가 서서히 불거지던 시기이기도 했다. 홍대에 있는 식당 '두리반'은 그중에서도 젠트리피케이션 투쟁의 상징적인 공간으로, 인디 뮤지션들은 이곳에 모여 대기업 개발에 온몸으로 저항했다. 그곳은 단순한 투쟁 현장이 아니었다. 여기 모인 사람들은 투쟁 속에서 우정을 쌓고 예술을 통해 그곳을 일상의 해방적 공간으로 작동하게 했다(두리반 투쟁은 〈파티51〉이라는 영화를 통해 확인할 수 있다). 나는 화니짱을 따라다니며 그의 연구 주제였던 '신자유주의 시대의 공공성 위기'를 목격했고 또 새로운 운동 주체들의 도래를 두 눈으로 확인했다. 그 과정에서 신자유주의 시대의 도시 문제는, 거칠게 말해 부유한 이들이 더 큰 부를 창출하고자 건물을 짓는 데서 비롯된다는 생각이 들었다. 요즘 아이들이 '건물주가 꿈'이라고 말한다는 이야기에 좀처럼 웃을 수 없는 이유다.

투쟁 현장을 돌아다니며, 나는 욕심 부리지 않고, 상품이 되지 않고, 모두와 함께 살 길을 모색해야겠다는 생각이 점점 더 강해졌다.

"아니 상품이 되지 않고서 무엇을 할 수 있겠어? 너무 당연한 일 아니야?"

다들 이렇게 말한다. 그렇다. 상품으로 사는 삶이 너무 당연한 것이 되어버렸다. 하지만 간과해선 안 되는 사실이 있다. 좋은 상품이 되기 위한 과정은 꽤나 잔인하다는 것이다.

좋은 상품의 수는 정해져 있기 때문이다. 과장해서 말하자면, 이는 영화 〈배틀로얄Battle Royale〉에 등장하는 생존 게임과도 같다. 서로가 서로를 죽이고 결국 극소수의 사람만이 살아남는 게임. 실제로, 경쟁에서 밀리는 것을 생물학적 의미의 죽음으로 받아들이는 아이들도 있을 정도니까.

그렇게 다 죽이고 나면 혼자서 행복할 수 있나. 아차, 경쟁에서 이겼으니 부유할 테고 충분히 즐길 수 있겠네. 아니, 나는 모두에게 상품화 과정에 저항하려고 하는 본능이 있다고 믿는다. 그저 그 본능을 잊지 않기 위해 정신을 바짝 차리기만 하면 되는 것이다.

자, 그러면 그 다음은? 과연 어떻게 살아야 하는 걸까?

이 질문을 이렇게 많이 던지면서 살게 될 줄 몰랐다. 직업을 결정하고, 누구와 함께 살지 결정하고, 이런 몇 가지 큰 선택을 하고 나면 나머지는 자연스레 해결된다고 배웠다. 그런데 막상 살아보니 매 순간 '어떻게 살아야 하지, 이렇게 하는 것이 맞나' 하는 의문이 자꾸만 들면서 때로는 '에라 모르겠다' 하며 생각의 끈을 놓아버리게 됐다.

물론 복잡하게 생각해 보았자 삶은 크게 요동치지 않고

고만고만하게 흐른다. 어떻게 살아갈지에 대한 결정권은 우리에게 없는 것 같다. 거기서 거기인 삶. 즉, 안정된 생활을 지속하기 위해 노력하며, 존재를 인정받기 위해 무언가를 하는 삶이다. 그러고 보면 나 역시 존재를 인정받기 위해 어떻게 살아야 할지에 대한 물음을 지속적으로 던져왔다. 다만 '안정된 삶'을 추구하지는 못했다.

공중보건의를 마친 후 대학병원으로 돌아가 수련받는 '안정된' 코스를 밟는 대신, 나는 '조금 다른' 코스를 밟아보기로 마음먹었다. 마을에 살면서 지역사회 구성원들의 건강을 확인하고, 무언가 이벤트를 만들어서 그들과 어울리고, 남들 눈에 잘 띄지 않는 아픈 이들을 찾아다닌다면, 나름대로 의사의 역할을 할 수 있을 것만 같았다. 사실, 대단한 계획이 있었던 건 아니다. 때로는 무언가를 하는 것이 아니라, 하지 않음으로써 일이 진행되기도 한다.

지금껏 내게도 은연중에 자신을 좋은 상품으로 만들어달라고 부탁하는 이들이 있었다. 또 나를 좋은 상품으로 만들어주겠다고 제안하는 이들도 있었다. 누군가를 좋은 상품으로 만들어 줄 능력이 없어서, 내가 좋은 상품이 되기까지 걸릴 시간이 아까워서, 나는 그 부탁과 제안을 모두 거절했다. 그렇게 살다 보니, 이제는 무엇이 상품이 되라는 명령인지 정도는 분별할 수 있게 되었다.

대단한 저항을 하는 것은 아니다. 다만, 상황을 정지시킬 용기를 낼 수 있게 됐다. 작은 자기만족 정도는 가능해진 셈이다. 그러고 나니, 상품이 되길 원하는 사람들은 내 곁을 떠났다. 나도 그들을 붙잡지 않았다. 그럴 수 없었다. 차마, 다들 사는 방식과 다른 방식으로 살아보자고 이야기할 수 없었으니까. 그렇게 사는 게 어떻게 사는 것인지 명확히 설명하지도 못하면서 말이다.

누군가는 내게 도저히 이해할 수 없다는 표정으로 "넌 도대체 뭘 하며 사는 거야?"라고 묻는다. 그때마다 "사실은 나도 잘 모르겠어"라고 스스로도 이해할 수 없다는 표정으로 답한다. 여전히.

그저 몇 가지 다짐한 것은 있다.

상품으로서의 건강 대신 다른 건강을 모색하며
사람들을 만나보기.
청년의 삶이 상품으로 포장되지 않은 채

지속되려면 어떻게 해야 하는지 스스로 또
동료들과 함께 실험해 보기.
지역이 상품화하지 않는 방식으로도 변화할 수
있을지 고민하고 작은 것부터 실천해 보기.
스스로를 상품화하지 않고 나만의 존재감을
펼칠 수 있을지 시도해 보기.
실현·실천·도전 같은 단어를 쓰지 않고
그냥 물결처럼 살기.

이렇게, 나는 상품으로 살지 않기로 했다.

'주민'이
'주인' 되는 마을

"서울시에서 하는 마을공동체 시범사업 대상지를 찾고 있어. '건강친화마을 만들기' 사업인데, 네가 이 작업을 좀 도와주면 좋겠다."

2012년, NGO 단체에서 활동하다 지역의 보건소로 자리를 옮겨 일하던 선배의 반가운 전화였다. 의사로서 병원보다는 지역사회에서 주민들과 호흡하며 변화를 만들고 싶었던 나는 곧바로 "좋아요"라고 대답했다.

선배를 오랫동안 알고 지내기도 했고 그가 지역사회 빈곤 문제에 대해 어떤 고민과 대안을 갖고 있는지도 잘 알던 터라 나는 현장에 빨리 적응했다. 일도 흥미로웠다. 먼저, 선배의 소개로 현장에서 사업을 담당하는 주민조직활동가들을 만났다. 이들과 함께 마을공동체 시범사업이 이루어질 강북 지역의 한 작은 동네에서 주민들을 만나 마을의 문제를 조사하고, 그들 중에서 리더를 세워 팀을 꾸려나갔다. 지역의 당사자인 주민들이 목소리를 내고 모든 활동을 앞장서서 전개해 나가도록 한 것이다. 활동가들이 일방적으로 지시하는 방식이 아니라는 게 마음에 들었다.

가장 처음 시도한 것은 '마을사랑방 만들기'였다. 이를 위해 우리는 수차례 모여 이야기를 나눴다.

"아이들이 놀 수 있는 공간이 필요해요."

"노인들이 편히 앉아 차 마실 데가 좀 있으면 좋겠는데."

"요가 같은 실내 운동을 할 만한 공간도 있으면 좋죠."

나는 이런 자리에 참여하며 '과정'의 중요성을 여실히 깨달았다. 모두의 의견을 동등하게 반영할 수는 없었지만 주민들은 자신의 의견을 말하고 갈등하고 결론을 조율해 나가는 일련의 과정에서 서로의 입장에 대해 깊이 공감하게 되었다. 또, 자신의 생생한 목소리가 실제로 사업에 반영되는 것을 보람차게 여겼다.

우리는 주민들의 여러 의견을 수렴하여 치안 문제를 해결하기 위한 '방범 조직', 아이들이 안전하게 보살핌을 받을 수 있게 하는 '돌봄 조직' 등을 만들었다. 마을의 문제를 체계적으로 알아가기 위한 방법을 학습한 주민들은 다른 주민들을 만나서 설문 작업도 진행했다.

마을공동체 사업의 프로세스를 지켜보며, 나는 주민들의 다양한 삶의 모습을 이해하게 됐다. 무엇보다 주민들의 언어로 건강한 삶의 개념을 재정의하고 마을을 통해 건강 문제를 해결해 가는 과정이, 기존 보건의료 사업에서 흔히 보이는 전문가의 교육방식과 너무나 달라 신선했다. 주민들이 모여서 자신의 속 얘기를 풀어놓고 활동가로 변하는 모습을 보며, '주민이 주인 되는 마을'의 가능성을 엿볼 수 있었다. 정말 흥분되는 경험이었다.

2012년 3년 계획으로 시작된 '건강친화마을 만들기' 사업은 한 해 진행된 후 끝났고, 이후 2년 동안은 '복지건강마을'이라는 이름으로 성격이 바뀌어 진행되었다. 보건소를 중심으로 '주민 역량 강화'와 '마을 만들기'를 주제로 진행됐던 사업이, 복지관에서 사업을 관장하면서 '복지'를 전면에 내세운 사업으로 변형된 것이다. 이에 따라, 마을에서 독거노인들에게 무료 급식을 제공하고 선물을 나눠주는 일회성 행사가 진행되었다.

다소 실망스러운 변화였지만, 내게는 '마을 되기'의 가능성을 확인한 뜻깊은 경험이었다. 이를 계기로, 나는 건강친화마을 만들기 사업을 연구주제로 삼게 되었다. 또 주민들과의 친분을 이어가면서 친한 친구들과 모임을 만들어 풀리지 않는 문제에 대해 함께 고민하고 공부했다. 성동 지역에서 철거민들과 주민운동을 해온 '성동주민회', 진보운동의 거점을 표방하는 '민중의집' 그리고 대전 민들레 의료협동조합까지. 무엇 하나라도 배울 게 있을 것 같다 싶으면 어디든 쏘다녔다. 건강친화마을 만들기를 하며 알게 되어 많은 배움을 얻은 한 주민조직활동가 선배에게 주민조직화 방법론에 대해 배우기도 했다. 빈민운동에 헌신해 온 그는 철거민들과 함께 살며 아이들을 위한 공부방을 운영해 온 경험을 가지고 있었다. 그에게 참 많은 것을 배웠는데, 가장 중요한 가르침은 가령 이런 것이었다.

"주민들과 술을 마실 때는 절대 먼저 집에 가지 말아라."

농담처럼 한 이야기지만, 주민들과 진심으로 어울리는 그 선배만이 해줄 수 있는 말이었다.

그 이야기를 금과옥조로 삼아, 번동 주민들과 밤늦게까지 술을 마시며 친분을 쌓아가던 나는 마침내 마을 속에 들어가 뭐라도 해봐야겠다고 결론을 내렸다. 그리고 곧장 번동으로 이사했다. 상가에 딸린 집을 임대해 마을사랑방을 꾸리고, 주민들과 어울려 살기로 한 것이다. 번동은 서울 지역 치고 임대료가 비교적 싸서 부담이 덜하기도 했고, 그사이 친해진 주민들과 같은 동네에서 살고 싶기도 했다. 무엇보다, 주민들과 동료이자 이웃으로 무언가를 도모해 나가는 과정에 매력을 느꼈다.

'마을공동체 사업을 진행했던 방식으로 건강의 문제를 더 고민해 보고 싶다.'

이 생각이 머릿속에 또렷이 떠올랐다.

그 즈음, 서울시에서 진행하는 마을공동체 사업들이 본격적으로 시작되었다. 부모 커뮤니티, 공동육아, 작은 도서관, 에너지 자립, 다문화 등 특정 의제를 지정한 사업도 있었고, 마을축제, 마을지도, 텃밭 가꾸기 등 몇몇 아이템을 정해주고 자유롭게 활동하도록 하는 사업도 있었다. 서울시는 '마을공동체 종합지원센터'를 운영하면서 사업 전반을 관장했고, 그러면서 자치구별 중간지원조직이 생겼다. 센터 소속 상담원들은 사업을 지원하기 전에, 사업을 하고자 하는 주민들에게 컨설팅을 해주었다. 주민들은 사업제안서를 쓰고, 공무원과 마을공동체 중간지원조직에 속한 활동가 들에게 면접을 보았다. 공무원과 활동가 들은 사업계획서를 수정해 보라거나 이런 방향으로 해보라고 조언하기도 하고, 예산에 대해 설명도 해주었다.

마을사랑방을 만들고 활동하던 우리는 근처의 마을공동체와 함께 축제를 기획했다. 나는 마을주민이자 마을활동가를 자처하면서, 계획서도 쓰고 상담도 받고 심사도 받았다. 심사는 경쟁발표로 이루어지는데, 다섯 명의 주민 제안자들이 돌아가면서 자신의 사업계획을 발표했다. 심사관들은 그런 것이 어떻게 마을사업이냐며 그렇게 해서 진행이 되겠느냐고 우리를 대놓고 타박하기도 하고, 어떤 부분에서는 칭찬하며 이런저런 조언을 해주기도 했다.

그렇게 해서 성사된 마을축제는 무척 재미있었고 제법 성황리에 진행되었다. 우리는 플래카드를 걸어 행사를 홍보하는 한편, 마을공동체 활동을 하고 있는 주변 주민들을 찾아가 도움도 구했다. 그 과정을 함께 겪으며 주민들과 더욱 끈

끈해졌고 더 많은 사람과 연결되었다.

우리는 컨설팅을 받으며 얻은 조언에 따라, 마을축제를 일회성 행사로 끝내지 않고 영화제, 음악회, 걷기 대회, 인문학 교육 등 크고 작은 행사들로 변주해 주기적으로 개최했다. 이듬해에는 서울시에서 진행하는 '우리마을지원사업'이라는 이름의 마을사랑방 지원사업에도 참여하게 되었다.

"왜 우리를 인큐베이팅하는 겁니까, 우리가 신생아라는 거요?"

마을공동체 시범사업을 하며 만났던 어느 동네 통장님은 활동가들에게 이렇게 말했다. 그는 활동가들이 주민들을 만나는 것에 대해 불평했다. 활동가들 월급을 대체 누가 주는 것인지 의문이라며, 주민이 직접 활동가가 되어야 하는 것 아니냐면서. 그때는 그를 욕심 많은 사람, 마을공동체 사업의 훼방꾼이라고 생각했다. 그러나 시간이 지날수록 통장님들의 마음이 이해가 갔다. 통장 월급으로 약소한 수고비를 받으면서 오랫동안 지역사회에 봉사해 왔던 그들에게, 마을공동체란 이름의 사업이 들어오며 활동가들이 주민들을 가르치려는 모습은 영 불편했을 것이다.

지역에는 마을 일을 해오던 통장, 반장 같은 기존 세력이나 각종 지역 향우회, 친목 모임, 생활체육 모임이 여전히 존재한다. 그때 그 통장님의 반응을 잊지 않고, 이후 나는 마을에 살면서 되도록 많은 주민을 자주 만나 이야기를 들으려고 노력한다. 내가 하는 가장 중요한 일 중 하나다.

　시간이 지날수록 많은 이들이 나에 대해 오해했다며, 마을 일을 잘 해보라고 응원해 주었다. 통장님, 반장님, 정육점 사장님, 생활체육동호회, 지역향우회 회원들과 자주 만나면서 갈등이 있던 주민들과 대화도 하고 오해도 풀어나갔던 덕이다. 그러면서 이들이 살고 있는 '터전'에 대해 깊이 생각하게 됐다. 넉넉지 않은 주차공간 문제로 매일 같이 주차 자리를 공유하는 이웃에게 언제 들어오냐고 전화를 할 수밖에 없는 윗집 아저씨, 미용실에 모여 수다 떠는 아주머니들, 항상 같은 곳에 앉아 계시는 어르신들. 이곳은 소소한 일상을 그저 평범하게 공유하는 작은 마을이다.

　그러나 마을이란 이름으로 사업을 진행하는 행정은 성과로 포장되지 않는 결과엔 무관심하다. '마을공동체의 성공'은 '마을이란 이름이 들어간 사업의 성공'에 불과하다.* 요컨대, 행정은 사업성과를 통한 마을의 통치와 정치적 이득에 관심이 있다. 마을공동체라는 이념적 · 사업적 헤게모니를 장악한 그룹이 있고, 그것과 무관하게 모여서 삶을 나누는 사람들이 있다. 이때 마을공동체 사업이 제시하는 '따뜻함' '공공성' 같은 추상적인 가치들을 나서서 말하지 않으면 사업에서 배제된다. '마을살이'라는 것은 '서울시가 만들어 놓은 마을'이라는 규칙 안에서만 하는 '살이'를 말하는 것이다. 하지만 서민들의 삶에 그런 가치가 들어갈 여유는 없다. 각박한 토대에서 고군분투하며, 때로는 서로 위로하면서 사는 게 우리네 삶이다. 마을공동체 사업을 마냥 낭만적으로 보기는 어려운 이유다.

"진짜 마을은 그런 게 아니라고 생각합니다. 체제에 의해 기획되고 구획되어진 마을이 아니라 시공간을 함께한 사람들의 정서가 녹아 있는 곳이 마을인 것이죠. 물론 그것이 때로는 배타적일 수도 있고 폐쇄적일 수도 있어요. 하지만 그렇다고 해서 정치가 거세된 것은 아

* 이와 관련된 논의는 박주형의 논문 <도구화 되는 '공동체' 서울시 마을공동체 만들기 사업에 대한 비판적 고찰>(《공간과사회》 2013년 제23권 1호)에서 확인할 수 있다.

니죠. 마을끼리 연대하고 협력하며, 체제와도 투쟁할
수 있는 게 마을이고 공동체라고 생각합니다."

- 권단 외, 《모두를 위한 마을은 없다》 중에서

마을은 무엇이고 공동체는 무엇일까? 흔히 공동육아, 대
안학교 등 교육을 함께하기 위한 사람들의 모임이 'ㅇㅇ마
을'이나 '△△공동체'라고 불린다. 우리는 정작 원주민들의
주거공동체는 마을이라고 부르지 않는다. 오히려 마을축제
를 함께 만들기 위한 모임, 텃밭을 가꾸기 위한 모임, 책을
읽기 위한 모임 등 그 이해관계와 관심사가 같은 사람들의
모임을 마을 모임이라고 여긴다.

사업을 경유해야만 존재할 수 있는 이런 마을이나 공동체
는 그저 동호회거나 사업체일 뿐이라는 게 내 생각이다. 취
향에 기초한 사업적 모임은 폐쇄성을 동반하기도 한다. 비슷
한 수준의 지식과 생활반경을 가진 사람들만 모일 수 있으니
까. 물론 모임 자체를 반대하는 건 아니다. 도시의 삶이 갈수
록 관계의 단절을 강화하는 상황에서 어쨌든 사람들이 모여
야 한다는 점만큼은 확실하다. 그러나 취향에 기초한 모임은
그저 끼리끼리의 공동체를 만들어 사회적 계층을 고착화하

지 않을까? 주민들이 앞으로 나서서 주도적으로 마을공동체를 이끌어야만 하는 이유는 갈수록 명백해 보인다.

예전에는 누군가 나보고 마을활동가라고 하면 "아니, 왜 나를 그런 식으로 규정하는 건데?"라며 한마디씩 하기도 했다. 요즘은 그냥 "네, 맞아요"라고 답한다. 어느새 나 스스로를 마을활동가라고 인정하게 된 셈이다. 마을활동가로서 어떤 역할을 해야 할지, 마을의 일상과 마을공동체 사업을 어느 지점에서 연결해야 할지 갈수록 고민이다. 그렇기에 더욱 마을공동체 사업이 이래서는 안 된다는 생각이 든다. 사업에 몰두하다 보면 주민들의 삶과는 점점 멀어진다. 사업을 위한 사업만이 남는다. 사람들을 동원하는 데만 치중하고 결과를 포장하기 위해서만 노력한다.

더 큰 문제는, 처음 내가 마을활동가로 일을 시작했을 때보다 상황이 많이 어려워졌다는 점이다. 서울시의회는 2022년 12월 22일 제315회 정례회 본회의를 열어 '서울시 마을공동체 활성화 지원조례 폐지조례안' 등 현행 조례를 폐지하는 내용의 조례안 세 건을 가결했다. 사업 방향성에 대한 고민이 문제가 아니라 사업 자체를 이어가기 어려운 상황이 된 것이다. 여러모로 아쉬운 처사다.

주민이 주인 되는 마을살이가 앞으로 가능할까. 이런 환경에서 나는 무엇을 할 수 있을까. 생각이 많아질수록 마음은 점점 무거워진다.

그럼에도 희망이 있다면 그것은 '경험'일 것이다. 우리는 함께하는 경험을 통해 천천히 많은 것을 배워왔고, 또 배워나가는 중이다. 이 경험들이 쌓여 우리를 점점 더 나은 길로 데려가 줄 것을 믿는다. 그 과정을 주민들과 더 즐겁게 꾸려볼 작정이다.

어느 날 마을에 나타난
이상한 의사

2014년 4월 무언가를 해보기로 작정하고 강북구 번동으로 들어온 나는 집과 사랑방을 겸하는 공간을 하나 얻어 '건강의집'이라는 이름을 붙였다. 처음 활동을 시작할 당시에는 이름을 통해 건강 개념을 표현하고 싶었다. 그래서 유럽의 진보정치운동 마을사랑방인 '민중의집'에서 아이디어를 얻어 '건강의집'이라는 이름을 지은 것이었다(우리나라에도 민중의집이 있다). 이름에서 떠올릴 수 있듯이, 이곳은 '마을건강사랑방'이라 생각하면 맞을 것 같다.

건강의집을 연 후, 앞서 이야기한 대로 마을축제를 기획해 진행하기도 했고 여러 모임을 만들기도 했다. 생활체육회

모임, 학부모 모임, 악기 배우는 모임, 청년 모임 등. 서로 다른 연령대의 사람들이 다양한 주제로 이 공간에서 모였다. 그러고 보면, 건강의집은 일종의 플랫폼이기도 하다. 보통 플랫폼은 불필요한 연결 비용을 줄이는 대신 그로 인해 일자리가 사라지는 효과를 나타낸다. 우리의 플랫폼은 불필요한 삶의 비용을 줄임으로써 돈과 무관한 사람들 사이의 연결을 생산한다. 나름대로 대안적인 플랫폼이라고 자평할 수 있다.

이것저것 활동을 하다 보니, 마을에 이상한 의사가 한 명 있다는 소문이 좀 났던 모양이다. 더러 학생들을 만나달라는 제안이 들어온다. 그중 마을사업을 통해 끈끈한 관계를 맺은 보건소에서, 지역아동센터에 다니는 중학생들의 건강교육을 제안했다.

가난한 마을의 지역아동센터 아이들이 건강한 삶을 살아가도록 도우려면 어떤 교육을 해주어야 할까. 교육만으로 건강한 삶을 이루는 게 가능할까. 나 스스로도 끝없는 의문이 쏟아졌지만, 관계의 힘을 믿고 우선 기획해 보기로 했다.

가장 먼저 든 생각은, 불안한 삶을 살아내고 있는 지역 청년들과 학생들의 지속적인 관계 맺기를 도모하자는 것이었다. 이를 위해, 일반적으로 생각하기 쉬운 '건강습관 교정' 수업이 아니라 문화·예술 행위를 기반으로 하여 삶의 전 과정을 아우르는 활동을 구상했다. 그리하여 지은 이름이 '일상연구소 말랑말랑.'

약 8개월간 우리는 매주 만나 그림을 그리고, 요리를 하고, 운동을 했다. 마을을 돌아다니며 탐색하고, 마을축제나 청소년축제에서 음식을 팔고, 부스를 운영했다. 이 과정을 함께한 청년들은 부쩍 성장했다. 문화·예술 교육을 전문으로 해오던 청년활동가도, 마을활동가이자 의사인 나도. 이듬해 일상연구소 말랑말랑 2기가 시작됐다. 이제 아이들은 언제든 마을사랑방에 와서 논다. 심지어 새벽에 전화해서 잘 곳이 없는데 놀러 가도 되냐고 묻기도 한다.

한번은 어느 학교에 마을활동을 소개하러 간 적이 있다. 학교 선생님 몇 명, 학생 몇 명과 그 학교 도서관에서 작은 간담회를 진행하던 중, 나는 그저 담백하게 "마을축제를 하는데 놀러오세요"라고 말했다. 그런데 그때 만난 과학 동아리 선생님에게 진짜 연락이 왔다. 그 인연으로, 학생들이 마을축제에 와서 프로그램을 진행하기도 했다.

이 책 첫머리에 언급했던, 성재를 만나게 해준 특강 역시 이때쯤 있었던 일이다. 성재의 학교는 혁신학교여서 학생들에게 교육의 선택권을 비교적 폭넓게 제공하고 있었다. 그중에서도 성재네 반은 대학에 뜻이 없는 아이들로 채워져 있어서, 공부보다는 연극, 음악 등 문화예술활동과 직업체험활동 위주로 커리큘럼이 짜여 있었다. 여기서 내가 한 꼭지를 담당하게 된 것이다.

나는 정신건강, 낙태, 피임 등 학생들이 관심 가질 법한 이야기들을 주제로 들고 갔지만, 주제와 무관하게 수업을 진행하는 것 자체가 쉽지 않았다. 준비해 온 것들을 절반도 펼쳐놓지 못하고 수업을 마무리하는 날이 많았다. 좋은 방법 없을까 고민하던 차에, 선생님께 '봉사시간'이 따로 있다는 말을 들었다.

'이 시간을 이용하면 되겠구나.'

나는 내가 살고 있기도 하고 여러 가지 활동을 자유롭게 하기도 하는, 그냥 아무거나 해도 괜찮은 공간인 건강의집으로 아이들을 초대했다.

아이들은 동네를 돌아다니며 마을도 구경하고, 주민들도 만나고, 산책도 했다. 학교라는 공간을 벗어나니 아이들이 다른 사람이 됐다. 그때부터 나도 학교에서 하는 수업에 큰 의미를 부여하지 않았고, 때때로 학교 밖에서 아이들을 편하게 만났다. 한 학기가 지나고 나니 아이들은 마을의 모두와 말 그대로 친구가 되었다. 함께 수업을 진행했던 청년들과 청소년들이 같이 피시방에 가고, 축구하고, 놀러다니면서 삶을 나누는 관계가 됐다. 앞으로도 우리는 이렇게 함께 어울려 살아갈 것 같다.

우리 동네 청년들은 지역활동이 세상을 바꿀 것이라는 환상을 품고 있지 않다. 이런 활동만을 통해 자립적 생존이 불가능하다는 것도 잘 안다. 청소년들에게 마을교육을 통해 잘 먹고 잘 살게 될 거라는 헛된 희망 따위를 이야기하는 일도 전혀 없다. 그저 우리가 발 딛고 선 이 자리에서 청년이 될 청소년들과 함께 즐겁게 살 수 있는 환경을 만들어 가자고 할 뿐이다.

또한, 청소년들과의 만남 그 자체를 소중히 여긴다. 교육적으로 올바른 가치를 고려하기보다는 재미 그 자체를 활동의 가장 큰 가치로 여기며 순간을 즐기려고 한다. 건강의집이 그런 관계와 활동의 시작점이 되었으면 할 뿐이다.

"건강의집은 무엇인가요?"

요즘 나는 이런 질문을 받으면 굳이 구체적인 설명을 하기 위해 애쓰지 않는다.

건강의집은 '우리의 있는 그대로'이고,
앞으로도 그럴 것이다.
존재 자체로 지역사회와 소통하고, 갈등을
유발하고, 가끔 지역사회에 기여도 할 것이다.
우리는 공동체를 형성해야 한다는 당위,
건강한 삶에 대한 강박에 얽매이기보다는
삶이 흘러가는 대로 즐겁게 활동할 것이다.

지역에서 활동하기로 결심하고 무언가를 시작한 후 어렵지 않았던 날은 단 하루도 없었다. 때로는 전보다 과중한 업무를 부여받고 의도치 않게 주목받기도 했다. 패기와 열정만으로는 되지 않는 일들을 겪으면서 경험과 전문성의 부족을 절실히 느끼기도 했다. 나는 의학을 공부했지만 임상경험이 부족한 초짜 의사일 뿐이고, 풀뿌리 시민운동에 대한 경험도 거의 없다. 그저 뭐라도 해보겠다는 막연한 생각으로 버텨왔을 뿐이다.

내 부족함을 느낄 때마다 나는 주변의 동료들과 앞으로 어떤 삶을 살아갈지 토론한다. 관성적으로 해오던 일들을 점검한다. 그렇게 계속 시도하고 도전하려고 한다. 지금까지 해왔던 일과 아주 다르게는 아니지만, 어쨌든 더 재미있게 해보려고 노력한다. 무엇보다, 함께하려고 한다.

평균 수명이 점차 늘어가면서 우리가 혼자일 때 매우 약하고 외로운 존재라는 사실을 점점 더 많은 이들이 깨우치고 있다. 자연히, 일상을 채우는 관계가 더없이 소중해졌다. 그럼에도 누군가와 함께 살아가며 갈등을 조율하고 마음을 맞춰 가는 노력을 하기보다는 편안한 고립을 선택하는 이들이 셀 수 없이 많다. 그 고립이 결국 자신을 지독한 외로움과 건강하지 않은 삶으로 이끌 텐데도. 결국 우리는 함께 살 방도를 찾고 그 과정을 성실히 겪어가야만 하는 것이다.

건강의집과 함께하면서 우리는 예상치 못한 일들을 계속해서 겪었다. '지역사회의 건강한 변화'라는 추상적인 목표를 가지고 모여 지금까지 공간을 운영해 왔는데, 사실 공간을 만들 당시 어떤 구상을 했고 어떤 계획을 세웠는지는 구체적으로 기억나지 않는다. 확실한 건, 그저 무언가를 해보려 했다는 것 그리고 계속 시도하는 도중에 좋은 사람들을 만났다는 것이다. 나를 이상한 의사라고 하면서도 친구로 여겨주는 주민들 덕에 재미난 일들을 쉴 틈 없이 겪었고 분에 넘치는 좋은 인연들을 맺을 수 있었다. 덕분에, 지금까지 아프지 않고 행복했다.

터무니없는
동거의 시작

2014년 말, 서울 강북구를 중심으로 다양한 시민사회활동을 하는 청년들이 모임을 시작했다. 외로이 공간을 열어 마을축제를 열고 공동체 사업을 진행하던 나로서는 다른 청년활동가들을 만날 수 있는 그 기회가 몹시 반가웠다. 그래서 누구보다 적극적으로 참여했다.

우리는 서로를 알아가자는 취지로 한 달에 한 명이 주인공이 되어 자기 이야기를 들려주는 시간을 갖기로 했다. 이름하여 '사람책.' '휴먼 라이브러리' '리빙 라이브러리'라고도 불리는 사람책 이벤트는 덴마크에서 사회운동가 로니 에버겔Ronni Abergel이 2000년 처음 주최한 이후, 전 세계로 퍼졌다. 우리나라에서도 2010년 국회도서관이 처음 이 이벤트를 열었는데, 우리도 여기에서 착안한 것이었다.

우리는 돌아가며 자기 이야기를 들려주고, 남의 이야기도 들었다. 청년들의 꿈이 담긴 인생 이야기는 언제나 감동적이었다. 그들의 이야기를 듣는 것이 참 좋았다. 다만, 지역활동을 하면서도 결국에는 안정적인 일자리와 노동환경을 바라는 이들이 더러 있는 걸 보고 의아하기도 했다. 저마다 꿈을 가지고는 있어도 자기상품화를 강요하는 사회에 저항하기를 꿈꾸지는 못하고 있구나, 자신의 꿈이 타인으로부터 강요받은 것은 아닌지 의문을 품고 있지는 않구나, 하는 생각이 들어서였다.

실망했다기보다는 서글펐다. 충분히 이해되는 부분이었으니까. 지금도 마찬가지이지만, 많은 청년이 불안정한 일자리를 갖고 있다. 지역 시민단체라는 곳들은 대체로 재정이 넉넉지 않아서, 청년들을 위한 좋은 일자리를 만들 수 없다. 그런 좋지 않은 일자리로 삶을 꾸려야 하는 상황이니, 미래를 생각하면 불안할 수밖에 없을 터였다.

나는 이 청년들과 서로가 서로를 상품으로 바라보지 않고, 호의를 주고받는 관계를 맺고 싶었다. 그것이 어떻게 해야 가능할지는 몰랐지만 호의를 주고받는 관계를 만든다면 애써 저항하려 노력하지 않아도, 무언가 다른 방식으로 우리 삶을 함께 조각해 나갈 수 있을 것만 같았다.

모임을 시작한 지 1년이 훌쩍 넘었을 무렵, 드디어 내 이야기를 전하는 시간이 다가왔다. 부끄럽기도 하고 나의 삶이 그들 삶의 궤적이 다르다는 생각도 들어서 되도록 내 차례를 건너뛰고 싶었다. 하지만 결국 나도 해야만 하는 상황에 이르렀다.

나는 지역에 들어와서 활동하게 된 이야기, 대학 생활, 여행 갔던 경험 등을 자유롭게 풀어놓았는데, 대체로 여행 이야기를 많이 했다. 가령 스물한 살 때 인도에 갔었는데 내가 너무 내 집처럼 편안하게 마을 이곳저곳을 쏘다니다 보니 여행자들 사이에서 '현지인'이라는 별명으로 불렸다는 이야기, 필리핀에 의료봉사를 갔었는데 고작 며칠 진료해 주는 게 정말 도움이 되는 일인지 의문이 들었던 이야기, 히말라야 트레킹에 갔을 때 네팔어를 외운 덕분에 현지인들에게 환영을 받았던 순간에 관한 이야기. 또, 살면서 만난 아픈 사람들의 이야기와 함께, 앞으로 그렇게 아픈 사람들 곁에 있고 싶다고도 덧붙였다.

그날은 내 인생에서 매우 중요한 하루였다. 단지 내가 나의 이야기를 그렇게 오래 누군가에게 전했기 때문만은 아니었다.

한 사람의 이야기를 30분 혹은 한 시간 동안 듣는 것은 결코 쉬운 일이 아니다. 꽤나 큰 인내심을 요구하는 일이다. 그런데 나의 이야기를 큰 인내심을 갖고 유심히 들어준 한 친구가 있었다. 알고 지낸 지 그리 오래된 친구는 아니었다. 그날 전까지는 한두 번 스쳐 지나간 정도? 첫 만남은 그날로부터 몇 달 전, 한 모임에서 내 지인이 그를 자신의 연인이라며 소개해 준 것이었다. 당시에는 간단히 인사만 했는데, 내가 사람책이 된 날 밤에는 그와 많은 대화를 나눌 수 있었다. 과거에 음악 활동을 했었고 지금은 도시재생 활동을 한다고 말한 그는 '진우'였다.

진우는 나보다 나이가 한 살 적었는데, 인생 경험이 풍부한 친구였다. 그는 어린 시절부터 노래를 해왔고, 특히 밴드 음악에 심취해 음악 활동을 업으로 삼았다고 했다. 대학에 들어갔지만 재미가 없어서 바로 자퇴했고, 그래서 다들 하는 이야기에 낄 수 없는 것 같다고 했다.

어디에 취직해야 하나, 앞으로 뭘 먹고 살아야 하나, 같은 이야기에 그는 흥미를 느끼지 못했다. 어떤 음악을 듣나, 누가 연주를 잘하나. 그의 관심사는 오로지 그런 것이었다. 당연히 대학 생활은 하는 둥 마는 둥 할 수밖에 없었다. 홍대 부근에서 밴드 활동을 하면서 생계도 해결해야 했던 그는 인도음식 전문점에서 아르바이트도 하고 음악학원에서 수강생을 가르치는 일도 병행했다. 때때로 가락 시장에 가서 밤새 채소 박스를 나르며 돈을 벌기도 했다.

음악을 정식으로 배우지 않은 그는 자기 스타일을 스스로 만들어 갔다. 음악에 대한 그의 감각은 때때로 천재적으로 보일 정도였다. 이런 이야기를 들려주어도 그는 거들먹거리지 않았다. 그래서인지 시간이 지나 좋아하는 음악을 그만두고 지역활동을 하고 있는 그때까지도 여전히 그와 음악을 하고 싶어 하는 사람들이 많았다.

그의 음악은 세련되고 트렌디하기보다 올드하고 무거웠다. 한결같이 정통 하드록 스타일을 고집했는데, 요즘 시대에 좋은 상품으로 팔리긴 어려운 종류의 것이었다. 그는 자신의 음악을 상품화하는 데 관심이 없었다. '관심이 없다'기보다 '거부했다'는 표현이 적절했다. 그는 자기 색깔의 음악을 즐겁게 하고 싶어 했고 그것을 사람들에게 들려주고 싶어 했을 뿐, 그것이 멋진 상품이 되어 팔리는 것을 바라지는 않았다. 이를 위해, 현실과 타협하지 않고 여러 아르바이트를 전전하며 신념을 지켰던 것이었다.

그렇게 음악 활동에 집요하게 파고들던 그도 어느 순간 현실의 벽에 부딪쳤다. 어쩔 수 없이 자신의 청춘을 함께한 음악을 잠시 동안 그만두고 직장에 들어가야 했다. 그가 취직한 곳은 병원에서 사용하는 진료 프로그램을 관리하는 회사였다(나와 만날 운명이었던가). 컴퓨터를 잘 다루던 그였기에 꽤나 어울리는 일이었다.

그는 의사들을 상대로 영업을 하면서 프로그램을 관리해 주는 일을 했다.

"그때 의사들을 만나면 하나같이 저한테 온갖 하소연을 쏟아냈어요. 일이 지겹다는 둥, 직원 관리가 어렵다는 둥. 그런 말을 저한테 하는 게 정말 이상했죠. 명예도 있고 사회적으로 성공도 했고 경제적으로도 부족함 없는 사람이 왜 그럴까. 게다가 잘 알지도 못하는 나에게 왜 이런 이야기를 털어놓을까. 혹, 친구가 없는 건 아닐까? 별별 생각이 다 들더라고요."

그는 문득 자신도 그들과 다를 바 없이 영혼 없는 직장생활을 하고 있다는 사실을 깨달았다. 사명감 없이 일하다 보니 그저 시간을 때우고, 퇴근한 이후에는 제때 나오는 월급을 탕진하며 살았던 것이다. 그는 자기가 해보니, 직장생활은 그럴 수밖에 없는 것이더라며 당시를 회상했다. 그걸 깨닫고서 다시는 그 생활을 하지 않기로 마음먹었다고 했다. 제때 나오는 월급이 자신을 지켜줄 수 없다는 것을 경험으로 배웠으니, 이제 자신을 찾을 수 있는 일을 해서 온전한 자기가 되겠다고도.

이후 그는 주민들을 만나 지역 문제를 해결하고, 지역에 새로운 활력을 불어넣는 일을 시작했다. 일명 도시재생 활동가. 낙후된 주거밀집 지역의 주민들을 만나 의견을 수렴하여 지역환경을 개선하는 일이었다. 이 새로운 일은 그 자체로 매우 어렵기도 하지만, 이런 일과 만나는 것부터가 쉬운 일이 아니었다. 그런 면에서 그는 자기가 이 일을 하게 된 것이 행운이라고 했다.

"하지만 이 일을 하면서도 지역을 상품화하려는 욕망에 부딪치게 되더라고요. 많이 좌절했죠. 저항을 꿈꾸게 되기도 했고요."

그는 직장생활을 정리하고 음악 활동을 할 때 알고 지냈던 한 지인의 권유로 강북구에 오게 됐다. 이곳에서 청년공동체에 기웃거리다가 삼양동 주거환경관리사업 기획을 맡게 되었다.

삼양동은 아주 오래된 주거지로, 몇몇 지역은 재개발이 되어 아파트가 들어섰고 남아 있는 곳은 점점 주거환경이 열악해져 가는 상황이었다. 그 지역 주민들의 의견을 모아서 지역 개선방안을 정리한 결과, 전면 철거 방식이 아닌 유지·개보수 방식으로 집을 고쳐 원주민들이 계속 살아갈 수 있도록 하자는 쪽으로 결정이 되었고, 이후 그가 그 일을 맡게 된 상황이었다.

주민들의 의견을 수렴한다는 것이 그렇게 간단치는 않았다. 그럼에도 그는 사람들과의 만남도, 자신의 일도 허투루 하지 않았다. 주민들의 의견을 듣기 위해 진심으로 그들과 친구가 되려고 마음먹은 그는 때때로 주민들의 집을 찾아가기도 했고, 더러는 낮에 시간이 안 된다는 주민을 위해 새벽에 만남을 갖기도 했다. 일을 그저 '업무'가 아니라 자기존재가 하는 '활동'으로 받아들였던 것이다.

그는 주민들을 만나느라 바쁜 와중에도, 따로 청소년들을 만나 음악을 매개로 한 재미있는 활동을 꾸려갔다. 그저 음악의 기술적인 면만 가르치는 것이 아니라, 함께 성장할 수 있는 방식으로 그들을 만났다.

이런 활동을 하던 와중에, 동네에서 지역활동을 한답시고 설치고 다니는 나를 만나게 된 것이다. 진우는 당시 연인이 나에 대해 "잘생긴 오빠"라고 해서 나를 매우 싫어했노라고 웃으며 이야기했다.

내가 사람책이 됐던 날 처음으로 그와 긴 이야기를 나눌 수 있었다. 그러면서, 그의 주거 상황이 불안정하다는 것을 알게 되었다. 그동안은 가족과 함께 중랑구에 살아서 강북구까지 오가기가 편했는데, 가족이 모두 경기도 안산으로 이사를 가는 바람에 출퇴근하기가 매우 힘들어졌다는 것이었다. 그는 밤늦게 두 시간 가까이 지하철을 타고 갔다가, 환승해야 할 버스가 끊겨 택시를 기다리는 자신의 처지가 처량하다고도 했다.

"형, 저 여기서 자고 가도 돼요?"

이렇게 묻는 그에게 나는 주저하지 않고 대답했다.

"그럼. 오늘부터 여기서 살아도 돼."

그렇게 긴 조율 과정 없이 우리의 동거가 시작되었다. 나는 고등학교 땐 기숙사에서 살았고, 대학교 땐 기숙사에서 살다가 셰어하우스에서 살기도 했던 터라 함께 사는 것이 매우 익숙하다. 다행히, 진우 역시도 바닥만 있으면 아무 곳에서나 잘 수 있는 종류의 사람이었다. 우리는 그날부터 한 이불을 덮고 잤다. 이불이 하나밖에 없었기 때문이다. 그는 잠결에 딱 한 번 나를 발로 찬 적이 있는데, 그걸 아직까지 기억하고 미안해한다. 나는 사실 기억도 잘 나지 않고 불편함을 느끼지도 않았다. 오히려 혼자서 마을사랑방에 살며 주민들을 만나고 활동하는 것이 좀 외롭기도 했는데, 동료가 생기니 마음이 안정되고 힘도 났다.

그가 나와 매우 다른 성격이라는 점도 무척 도움이 됐다. 그는 직설적이고, 감정적이고, 아무리 사소한 문제라도 언제나 풀고 넘어갔다. 때론 싸우기도 하면서. 나는 보통 그런 것들을 무시하고 잊어버리는 방식으로, 갈등을 만들지 않는 쪽을 택한다.

나는 그에게 "너를 지키기 위해 조금은 참아도 되잖아"라고 이야기했지만, 그의 방식이 전적으로 옳다는 것을 잘 안다. 그는 문제가 무엇인지 상대에게 알려주고 문제에 대해 함께 풀어가려고 하는 것이다. 그는 겸손하기에 그것을 가르치려 들지 않고 "그래, 나와 이 일을 평생에 걸쳐 함께 토론해 보자"는 식의 태도로 접근한다. 반면, 내가 갈등을 피하는 것은 내게 그렇게까지 타인의 문제를 함께 고민할 만한 마음이 없기 때문이라는 것을, 진우를 보고서야 인지하게 되었다. 나를 지키는 것이 나에게는 더 중요한 일이었으니까. 지역활동을 하고 주민들을 만나려고 마음먹은 내게, 이런 깨달음은 적잖은 부끄러움을 안겨주었다.

진우와 나는 둘이서 3개월 정도를 함께 살았다. 그러고는 비슷한 처지의 사람들을 더 끌어들이려는 계획을 세웠다. 진우와 마찬가지로, 집은 강북구에서 멀지만 인연에 따라 이곳에서 활동하고 있던 한 친구도 우리 계획의 일부였다. 그는 단번에 좋다고 하진 않았는데 우리의 삼고초려 끝에 같이 살기로 합의했다.

요한 쌤은 계획에 없던 사람이었다. 요한 쌤과 나는, 사실 인연 자체가 있다고 할 수도, 없다고 할 수도 없는 애매한 사이였다. 의대를 졸업하고 서해 최북단 백령도의 백령보건지소에서 공중보건의로 1년간 근무하며, 나는 그곳 백령종합

사회복지관 사회복지사님들과 친하게 지냈다. 근무를 마치고 육지로 돌아왔는데, 그 사회복지사님 중 한 명에게 연락이 왔다.

"선생님이 떠난 다음에 들어온 사회복지사 후배가 하나 있는데, 왠지 선생님이랑 잘 맞을 것 같아요. 소개해 드릴게요."

그 잘 맞을 것 같다던 후배가 요한 쌤이었다. 통화 이후 요한 쌤은 단 한 번 건강의집에 찾아와 나와 잠시 이야기를 나누다가 돌아갔다. 그러고 나서 서로 전혀 연락이 없다가 2년쯤 지났을까, 더 많은 사람과 건강의집에서 함께 살기로 마음먹은 바로 그 시기에 지하철에서 우연히 재회하게 된 것이었다.

"잘 지내셨어요? 요새 어떻게 지내세요?"

그가 나를 기억하는지 못 하는지는 별로 신경 쓰지 않고, 반가운 마음에 이렇게 물었다.

"고시원에서 지내요. 근처 종합사회복지관에서 파트타임으로 근무하고 있고요."

그렇게 서로 안부와 근황에 대해 잠시 이야기한 후에 나는 대뜸 이렇게 물었다.

"혹시 같이 살 생각 있으세요?"

정확히 사흘 뒤, 요한 쌤은 짐을 싸서 건강의집에 합류했다. 이로써 우리 네 명의 터무니없는 동거가 시작되었다.

같이 사는 삶은
선물

'킬링타임killing time'이라는 말을 들었을 때 어떤 생각이 먼저 떠오르는가? 아마도 대부분은 가벼운 영화를 보며 지루한 시간을 즐겁게 보내는 장면을 떠올릴 것이다. 나는 처음 이 말을 들었을 때 '아니, 왜 시간을 죽여야 하지?' 하고 생각했다. 공부도 하고, 운동도 하고, 여행도 다니고… 할 일이 이렇게나 많은데 그 아까운 시간을 그저 없애는 데 몰두하다니. 하지만 관계가 채워주지 않는 시간의 빈틈은 생각보다 크다. 그러니 그런 시간을 죽이기 위해 이것저것 하는 것은 꽤 유용한 일이 될 수도 있다. 그렇지 않다면 그냥 가만있어야 할 테니까.

최근에는 '멍 때리기'가 정신수양의 좋은 방법이라고들 말한다. 멍 때리기를 명상의 한 종류로 보는 것인데, 사람들은 명상이 정신수양을 위한 활동이라고 생각해서인지 명상하는 시간만큼은 무언가를 하는 시간으로 인정해 주는 모양이다.

하지만 정말 아무것도 하지 않고 가만있는 것은 사회가 용납하지 않는다. 사회까지 갈 필요도 없다. 대부분의 사람이 가만있는 시간을 견디지 못한다. 그래서 스마트폰을 붙잡고 의미 없는 영상들을 돌려보며 시간을 죽인다. 문제는, 죽이는 시간이 많아져도 너무 많아졌다는 것.

성재는 건강의집과 연결되기 전, 혼자 죽이는 시간이 많았다고 했다. 그러다 건강의집에 드나든 후부터는 죽이는 시간이 현저히 줄어들었다고 했다. 그는 나와 다른 형들이 하는 지역활동에 관심을 가졌다. 처음에는 축구를 좋아한다기에 내가 몸담고 있던 축구팀에 데려갔다. 축구를 몇 번 같이하며 성재의 개인적인 이야기도 듣게 되었다. 성재는 아버지와 같이 살고 있는데, 아버지랑 있으면 항상 싸워서 불편하다는 것이었다.

성재는 몇 번 축구를 하러 왔다가 건강의집에서 자고 가기 시작했다. 그러다 보니 작은 공간에서 복작복작 살고 있는 우리 무리에 본인도 끼고 싶었나 보다. 잠자리를 가리지 않았던 성재는 어느 때부턴가 화장실 문 옆의 작은 바닥에 이불을 깔고 잤다. 그렇게 성재와 같이 살기 시작한 이후, 성재는 건강의집의 가장 오랜 투숙객이 되었다. 입주자가 자꾸 늘어서 분가를 몇 번 한 지금까지도 그는 건강의집의 터줏대감으로 남아 있다.

졸업 후 대학에 가지 않았고 가족과의 관계도 원만하지 않던 성재는 때때로 외롭고 힘들었을 것이다. 그런 그에게 건강의집에서 형들과 어울려 사는 것은 아마도 시간의 빈틈을 메워 외로움을 없애는 매우 유용한 방법이 되었으리라 짐작한다.

외로움을 없애는 것만일까. 같이 산다는 것에는 어마어마한 의미가 있다. 사람의 건강을 결정하는 데 유전遺傳이라는 요소는 매우 강력한 영향을 미친다. 때때로 유전적인 영향은 DNA에 새겨진 것, 절대적인 요소로 간주되기도 한다(물론 지금은 DNA를 조작하는 것이 가능해졌지만 말이다). 나는 유전이 '같이 사는 시간 속에서 생긴 그 가족만의 고유의 삶의 습속'이라고 생각한다. 전통적인 가족은 대부분의 시간을 함께 보냈다. 한 지역에서 같은 음식을 먹고, 같은 곳에서 자다 보면 DNA에 새겨지는 정보도 같을 수밖에 없다. 그 정보가 세대를 거쳐 전달되고 그것이 지금 나의 DNA에 새겨진 것이다.

생각해 보자. 매끼 같은 음식을 먹으면 몸의 형태도 비슷해질 가능성이 크지 않을까. 이렇듯 '누구와 같이 사느냐' 하는 문제는 세대를 재생산하는 큰 기제 중 하나다.

현대사회에서는 이런 메커니즘이 급속히 깨지고 있다. 더이상 가족과 같이 살지 않는 사람들이 너무나 많다. 설령 같이 살고 있더라도 어렸을 적부터 부모가 부재하는 경우도 적지 않다. 나 역시 가족의 품을 일찍 떠난 편이다. 고등학교 2학년 때부터 기숙사에 들어가 공부에 집중했다. 대학도 원래 살던 지역에서 멀리 떨어진 곳으로 갔고, 학기 중에는 고향을 찾지 않았다. 대학 졸업 후에도 이곳저곳을 떠돌아다녔다. 서울 강북 지역에 자리 잡은 것이 내 딴에는 한 곳에서 꽤 오래 산 것이다.

가족과 함께 살지 않는 것은 사회 변화에 따른 자연스러운 현상이다. 이는 그 자체로 퇴보도, 진보도 아니다. 다만 나의 경험 그리고 또 나와 함께 살았고 살고 있는 여러 동료들의 경험을 생각해 보면, 같이 사는 것이 서로에게 큰 영향을 미쳤다는 사실만큼은 분명하다. 우리가 가족, 학교, 직장이라는 전통적인 관계망이 단절된 사람들이다 보니 그 영향을 더 크게 느끼는지도 모르겠다. 우리는 혈연관계로 묶인 가족은 아니지만, 이 새로운 형태의 관계를 통해 우리만의 삶의 습속을 만들어 갔다. 운 좋게 좋은 사람들을 만났고 서로가 서로에게 많은 것을 배웠다.

같이 사는 것은 청년들에게 성장의 기회가 되기도 한다. 나는 같이 사는 청년들의 삶을 지켜보며, 그들은 물론 나 역시 점차 성장해 가고 있음을 알게 되었다. 같이 사는 것의 힘을 느꼈다. 함께 살면서 경험한 성장은 자기계발을 통해 얻는 스펙 쌓기와는 분명히 달랐다.

우울증과 공황장애 등 정신건강 문제로 힘들어하는 청년들이 많다. 한번은 어떤 친구와 이야기를 나누는데 자신이 우울증으로 오랫동안 치료받았고 또 힘들어했다면서, 아직도 자신은 이런 자신을 알아가는 중이라는 말을 들었다. 나는 그에게 "왜 우울증의 원인을 개인에게서 찾을까. 오히려 자기를 알아야 한다는 강박 속에서 자신을 몰아치도록 하는

사회적 분위기가 우울 증상을 유발한 건 아닐까?"라고 묻고
또 위로하고 싶었다.

> 타인과 자연스럽게 어울리다 보면,
> 나를 알기 위해 애써 노력하지 않아도
> 나의 역할과 위치를 스스로 깨달을 수 있게 된다.
> 타인을 경쟁관계에 놓여 있다고 생각하고
> 타인과 무언가 다른 능력을 키우기 위해
> 노력하는 것은 결국
> 자신을 스스로 가두는 일이다.

군이 성장하려고 노력하지 않아도 둘러싸인 관계 속에서
함께 살아갈 줄 알게 되는 것, 타인과 어울려 살며 때론 도움
받고 또 도움 주게 되는 것, 누군가와 같이 지내면서 부딪치
는 일련의 사건을 통해 조금씩 유연해지는 것. 이런 것이 성
장 아닐까?

우리의 공동생활은 '건강의집'을 거쳐 '모꼬지하우스'를
경유해 '터무늬있는집'으로까지 변했다. 언젠가 서울주택공
사 임직원들과 서울시 관계자가 터무늬있는집을 방문한 적

이 있다. 그때 우리는 진행하는 활동도 소개하고 어떻게 하면 우리가 함께 살아갈 수 있을지에 대해서도 이야기했다. 그러던 중 어떤 사람이 이런 말을 꺼냈다.

"청년들은 1인 1실을 선호하지 않나요?"

"아뇨, 1인 1실은 종종 청년들을 병들게 합니다. 청년들이 주로 거주하는 1인 1실 중에는 고시원, 원룸 등이 많은데, 이곳들은 사실 고립된 공간이 되기도 하니까요."

진우는 지체없이 이렇게 답했다.

청년들이 1인 1실을 선호하는 마음이야 모르는 바 아니지만, 어쩌면 이런 마음은 사회의 문제를 개인의 문제로 돌리려는 사회의 욕망이 청년들에게 무비판적으로 수용된 결과일 수도 있음을 한번 생각해 보았으면 한다. '1인 1실'이란 말 속에서는 '함께 사는 가치' '함께 살아가는 법의 터득' '개인의 성장' '공공성의 담보' 등의 바람이 너무 쉽게 소거된다. 실질적인 문제도 있다. 1인 1실은 혼자만의 시간과 공간을 확보할 수 있다는 큰 장점이 있지만, 안정적인 직장을 구하기 어렵고 일터에서도 충분한 사회적 관계망을 얻지 못하는 이들에게 사회적 고립감을 부추기는 결과를 야기할 수도 있다.

물론 나의 소망은 우리가 사생활을 유지할 수 있는 공간을 충분히 확보한 채 품위 있게 어울려 사는 것이다. 하지만 그렇게 호락호락하지 않은 현실에서, 우리는 어떻게든 주거비를 줄이기 위한 궁여지책으로 공동생활을 선택할 수밖에 없었다. 그 공동생활이 우리에게 뜻밖의 큰 선물을 주긴 했지만 말이다.

타인과 어울려 살며

때론 도움받고 또 도움 주게 되는 것,

누군가와 같이 지내면서 부딪치는

일련의 사건을 통해 조금씩 유연해지는 것.

이런 것이 성장 아닐까?

우리는
불안의 공동체

몇 년 전, 지역활동을 하고 있는 동료들과 해외여행을 다녀온 후, 1년에 한 번 정도는 함께 외국에 다녀오자고 뜻을 모았던 적이 있다. 여행에 익숙지 않은 이들도 있다 보니 함께하는 여행을 통해서 서로 견문을 넓힐 기회를 마련해 보자는 취지였다.

바쁜 일정 가운데 어렵게 계획한 여행을 떠나기로 한 날. 새벽 비행을 앞두고 공항으로 떠나기 전 각자의 짐을 확인하던 때였다. K가 정신 사납게 이곳저곳을 서성이더니, 갑자기 구석으로 가 기도하는 자세로 심호흡을 하는 것이다. 평소 까불까불하던 아이였기에 우리는 적잖이 당황했다. 장난

치지 말라고 구박해야 하는 건지, 진정시키기 위해 다독여야 하는 건지 서로 눈치만 보았다. 잠시 함께 산책도 다녀오고 마음을 가라앉히도록 애도 써봤지만 모두 허사였다. K는 불안감 때문에 결국 공항에 가지 못했다.

K는 과거 공황발작 때문에 고등학교를 졸업하지 못했다. 친구들과 잘 어울리지 못하던 그는 등굣길에 갑자기 쓰러진 후 다시 학교에 돌아갈 수 없었다. 아르바이트를 하고 음악 활동을 하며 삶의 방향을 모색하던 중 입대를 했는데, 훈련소에서 열흘을 지내고 도저히 더 있을 수 없어 퇴소했다. 그러고 나서, 마음을 치료하며 관공서에서 공익근무요원으로 군 복무를 마쳤다. 복무해제 후에 과거 밴드를 같이 했던, 지금은 지역활동을 하고 있는 진우의 초대로 마을축제에 놀러 왔다가, 자연스레 우리와 함께 살며 활동을 같이 하는 상황이었다.

"미안한데 불안해서 같이 못 갈 거 같아. 재미있게 잘 다녀와."

결국 K는 여행을 포기했다. 그러고 몇 달이 지나 우리는 "알고 보면 '공황장애'가 아니라 '공항장애'가 있는 것 아니냐"며 그를 놀렸지만, 당시 불안해서 어쩔 줄 모르던 K의 모

습을 통해 오래전 그가 겪었던 아픔의 크기를 조금은 짐작할
수 있었다.

K의 모습을 보면, 유년 시절 나를 잠식했던 불안의 경험
이 떠오른다. 앞에서도 잠깐 이야기했지만 나는 초등학교 때
IMF 시기를 거치며 느꼈던 불안감이 지금껏 잊히지 않는다.
당시 TV에서는 연일 국가 위기에 관한 이야기가 들려왔다.
초등학생이던 나도 뉴스를 통해 이해할 수 없는 위기에 대해
숱하게 들었다. 많은 사람이 직장을 떠나야 한다, 특히 금융
권에서 일하는 사람들이 우선적인 정리해고 대상이 된다고
했다.

은행에 다니던 아버지의 월급이 우리 가족의 유일한 생계
수단임을 알고 있던 내게, 아버지의 실직은 마치 세상이 끝
나는 일처럼 느껴졌다. 어머니는 때때로 아버지의 지인이 명
예퇴직을 했다며 우리 가족의 미래를 걱정했다. 산을 좋아하
는 아버지와 종종 산에 갈 때마다 아버지가 돌아서서 뒤따라
오던 내게 실직 사실을 알리고 낭떠러지에서 같이 뛰어내리
자고 하는 장면을 상상하곤 했다. 어린 나이에도 그렇게, 불
안한 가족의 미래와 나의 미래를 고민해야 했다.

천만다행으로, 아버지는 해고되지 않았고 단 한 번도 산에서 내게 뒤돌아서서 같이 뛰어내리자는 말을 하지 않았다. 하지만 그 국가 위기 이후 우리 삶의 방식이 조금 달라진 것을 느꼈다. 우리는 우리 뜻과 다르게 삶이 불안정해질 수 있음을 확실히 알게 되었다. 불안의 시대에 살아남기 위해서는 경쟁에서 우위를 점해야 한다는 사실도. 경쟁에서 우위를 점하기 위해서는 끊임없이 노력해야 했다. 곧 '경쟁에서 살아남는 것'이 '꿈'이라는 근사한 단어로 미화되었다. 지금도 크게 다르지 않다.

당시 학교 추천도서 중에 《어머니 저는 해냈어요》라는 책이 있었다. 가난했던 소년이 어머니 약값을 벌기 위해 열다섯 살에 고향을 떠나 마침내 대우중공업의 명장이 되는 이야기였다. 잠을 줄여가며 신기술을 개발하기 위해 노력하는 저자의 모습이 무척 인상적이었다.

그 책 표지에 쓰인 문구는 이랬다.

"목숨 걸고 노력하면 안 되는 것이 없다."

나 역시 독하게 살아남는 것을 꿈꿔야 했다. 그것이 불안한 삶을 살아가는 방편이었다.

K가 겪었던 불안이 나와는 무관하다고 생각했는데, 돌이

켜보면 드러내지 않으려 노력했을 뿐 나 역시 불안을 새기고
살았던 것이다.

"독해져서 절망을 희망으로 바꿔나간 예외적 개인들
은, 정확히는 '독함'만이 자신의 상황을 현재에 이르게
했다고 철저하게 믿는 개인들은 이런 이야기에 현혹당
하는 데 익숙한 타인을 만나 삶의 비법을 전수하기 바
쁘다. 독해지면 안 될 것이 없다는, 그러니까 모든 문제
의 원인을 개인에게서 찾아야 한다는 사람들이 늘어나
니 원래 엉망인 세상은 더 엉망이 된다."

- 오찬호,《하나도 괜찮지 않습니다》중에서

진우도 사정은 별반 다르지 않았다. 진우는 기본적으로
몸이 약했다. 겉으로는 풍채가 좋아 건강해 보이는데, 어렸
을 적 신장이 망가져 이식수술을 받았고 오랜 시간 투병생활
을 했다.

그는 어린 시절 대부분의 시간을 학교가 아닌 대학병원
입원실에서 보냈다. 지금도 여전히 면역억제제를 먹으며, 주
기적으로 대학병원에서 건강상태를 점검한다. 객관적 조건

으로만 보면 건강하다고 할 수 없는 진우. 늘 불안에 휩싸여 있다 해도 전혀 이상하지 않을 텐데, 진우는 어쩐지 불안과 잘 화해한 것처럼 보인다.

가끔 나는 진우에게 뜬금없는 질문을 던진다.

"건강하게 사는 게 뭘까."

그럼 진우는 주저하지 않고 명랑하게 대답한다.

"막 사는 거죠."

그에게 듣는 건강에 관한 정의는 전문가들이 말하는 건강에 대한 정의와는 비교도 안 될 정도로 정확하고 탁월하다.

그는 어릴 적 신장이식수술을 받은 후 지금껏 독한 약을 먹으며 살아오면서도 죽을 각오로 멋지게 노래했다. 뜻대로 되지 않는 삶에 회의를 품은 적도 있지만, 여전히 지역에서 주민과 청년 들을 만나 근사한 일을 벌인다. 지역활동으로 자신만의 예술을 펼친다.

나와 전혀 다른 성격의 진우는 나와 전혀 다른 방식으로 문제를 풀어가며 내게 깨달음을 주고, 긍정적인 변화를 가져다주었다. 일상의 순간순간, 그에게 많은 영감을 받았다. 나는 스스로를 위선적인 사람이라 평가하고 자책감을 가지곤 했는데, 진우와 함께 지내며 내 위선을 나쁘게 받아들이지 않고 넘어설 수 있는 것이라 여기게 되었다. 그러다 보니 어느 순간 자신감이 생겨났다. 누군가를 의지하지 않고 살아야겠다고 생각했던 내게 진우는 의지가 되는 친구였다. 사람에게 배운다는 것이 이런 것이구나, 하고 새삼 깨닫게 해주는 정말 의지가 되는 친구.

진우는 고매한 척 가르치려 드는 사람들과 차원이 다른 선생님이다. 그의 말과 삶을 통해 또 한 번 배운다.

두려움 없는 삶.
그것이 건강한 삶이다.

불안을 조장해 건강으로 장난 치는 사람들이 있다. 완전 무결한 삶, 깨끗한 피, 매끈한 몸매는 건강한 삶을 보장하지 않는데도. 그런 건강 개념 속에서는 모두가 불행해질 수밖에 없다. 정해진 기준에 따라가라는 눈에 보이지 않는 압박이 우리 모두를 병들게 하는 것이다.

건강은 비교의 대상이 아니다. 또한 혼자 챙기는 건강은 불완전하다. 서로가 서로를 돌보고, 서로가 서로에게서 배울 때 우리는 남과 비교하지 않고 그저 함께 건강할 수 있다.

진우가 과거의 아픈 기억에 머물러 있었다면 지금처럼 살수 없었을 것이다. 그는 과거와 결별하며 매일 다른 삶을 살아갔다. 그렇게, 삶의 환희를 경험했다. 하지만 그것은 절대혼자서 얻을 수 있는 것이 아니다. 나를 바라봐주는 동료가존재해야만 가능한 것이다. 진우와 함께 살면서, 건강한 삶이란 건강한 관계를 기반으로 한다는 사실을 정말 피부로 느꼈다.

비록 피를 나눈 가족과는 함께 살고 있지 않지만, 진우를비롯한 친구들, '일상연구소 말랑말랑'에서 만난 지역의 청소년들, 활동을 함께하는 동료들, 동네주민들이 있어 나는오랫동안 홀로 감내해 온 불안을 조금이나마 해소할 수 있었다. 그러다 자연스럽게, 주민들과 함께 살며 건강한 마을을만들어 보겠다는 말도 안 되는 목표가 내 안에 자리 잡은 것같다. 우리는 함께 운동하고 술 마시고 어울리며 주민들과'삶을 함께한다.' 계획했던 것은 아니지만, 지역활동을 하며만난 집 없는 청년들과 스스럼없이 같이 산다. 일도 같이, 노는 것도 같이, 밥 먹는 것도 같이다.

가끔은 함께 살아가는 것 자체가 일종의 지역을 변화시키는 일 아닌가 하는 생각이 든다. 함께 살아도 집만 공유할 뿐 서로의 일상을 외면하고 사는 것이 지금 가족의 모습이고, 오랜만에 친구를 만나도 그 친구 앞에서 또 다른 친구에게 메시지를 보내는 것이 지금 우정의 모습이다. 그러나 내가 지역활동을 하며 만난 청소년들은 우리 아지트로 놀러 오고, 주민들은 우리에게 운동하러 나오라고, 술 마시자고 연락을 한다. 건강한 삶은 이렇듯 함께 어울려 살아가는 연립聯立* 생활 아닐까.

지금 우리 사회에는 정체를 알 수 없는 불안감이 도처에 퍼져 있다. 정체를 알 수 없어 대처하기도 어렵다. 예측 불가능한 미래를 받아들여야만 하는 처지이다 보니, 더 독해져서 어떻게든 살아남으려고 발버둥친다. 불안에 떨며 내가 불행의 주인공이 되지 않기를 바란다. 결국 불안은 치료 대상이 되고 말았다.

그런데 이렇게도 생각해 볼 수 있지 않을까? 예측 불가능

---

* 김도현은 저서 《장애학의 도전》에서 장애인 운동을 새롭게 해석하며 의존적인 존재라는 낙인과 억압에 대해 '장애인은 자립적인 존재'라고 맞서는 것이 아니라, 자립/의존의 이분법 자체를 해체하는 것을 운동의 목표로 삼아보라고 제안한다. 그러면서 이 이분법을 넘어설 때 드러나는 새로운 가치가 바로 '연립聯立'이라고 이야기한다.

성 때문에 불안하지만, 그 예측 불가능성 덕분에 예상치 못한 만남을 기대해 볼 수도 있다고. 억지로 불안을 지우기 위해 노력하는 것만이 능사는 아니다. 홀로 있을 때면 불안감이 커져 발작을 일으키지만, 누군가와 함께하게 되면 서로의 존재를 인정하고 또 위로하면서 잠시 아픔을 잊을 가능성이 생긴다.

우리 삶에는 기꺼이 고통을 감내해야 하는 결의의 순간도 오고, 작은 고통도 참기 힘들 만큼 약하디 약해지는 순간도 온다. 분명히 둘 다 온다. 가장 큰 고통이라고 할 수 있는 죽음의 순간도 온다. 하지만 언제 그런 고통의 순간을 맞이하더라도 누구와 함께 맞이하느냐에 따라 그 양상은 달라진다. 삶이 유례없이 길어진 지금, 나를 바라봐주고 돌보아주는 누군가가 없다면 우리 삶은 외롭고 지루하고 살아도 산 것 같지 않을 것이다. 서로를 돌볼 수 있는 관계들이 더 많아져야 한다. 결국, 건강한 삶을 산다는 것은 건강한 공동체적 조건을 만들어 가는 것 아닐까.

우연한 계기로 마을에서 만난 우리를 '불안한 존재들의 공동체'라 부르면 맞을까. 외부적 불안으로 존재를 위협받는 시대, 우리 존재는 소통하고 때때로 갈등한다. 공동체를 형성해야 한다는 당위나 미디어에서 재현하는 세련된 건강의 모습을 만들어야 한다는 강박에 힘들어하기보다는 삶이 흘러가는 대로 즐겁게 살아가는 것. 건강의 조건을 함께 만들어 나가는 것. 이것이 앞으로도 나의, 아니 우리의 생존 방식이 될 것이다.

2장

외로움이라는 병,
호의라는 약

———

"가족들은 어디서 지내세요?"

"가족 없어요. 부모님은 어렸을 때 돌아가시고

둘째 형은 자살했고 큰형이 가끔 먹을 걸 가져다줘요."

———

남의 집 드나드는
의사 닥터 홍

의사가 된 후 대형병원에 발을 들이진 않았지만 환자들을 만나고 싶었기에, 또 먹고는 살아야 했기에 틈틈이 동네 의원에서 진료를 했다. 그러다 나만의 철학으로 병원을 열면 어떨까 하는 데 생각이 미쳤다.

원체 끈기가 없고 오래 일하는 것을 힘들어하는 사람인지라 의료기관을 운영하는 데에는 자신이 없었지만, 의료환경이 급격히 변화하고 있었고 이 새로운 흐름 속에서 무언가를 시도해 볼 수 있겠다는 생각이 들었다. 지역사회를 중심으로 하는 의료 체계에 관심이 생겨나고, 과거와 달리 질병의 양상이 만성질환 위주로 변하여 '치료cure'보다는 '돌봄care'의 중요성이 커지고 있었다. 2018년 정부는 '커뮤니티케어(지역사회 통합돌봄)' 종합계획을 발표하며 지역사회 중심의 1차 의료와 돌봄 서비스 체계를 만들겠다고 선언했다. 이에 따라 방문진료, 재택진료 혹은 왕진 등의 이름으로 의사가 환자의 집으로 찾아가는 진료에 대한 논의도 활발해졌다.

그동안 우리나라에서는 의사가 환자의 집을 찾아가 진료하는 행위가 활성화되기는커녕 오히려 불법으로 인식되었다. 의사의 선의가 환자들을 자신의 병원으로 유인하기 위한 노력으로 해석될 여지가 컸던 탓이다. 의료행위를 의료기관이 아닌 곳에서 하는 것이기에 안전을 보장하기 힘들다고도 여겨졌다.

하지만 세계적으로 방문진료는 사회에 꼭 필요한 진료방식으로 인정받고 있는 추세다. 일본의 경우 왕진은 국가 의료제도 속에 적절한 지불체계가 자리 잡았다. 일본 영화나 드라마를 봐도 의사가 집으로 찾아가는 것이 문화적으로 익숙한 듯 보인다. 왕진을 통해 불필요한 의료 이용을 줄일 수 있고 적절한 처치를 제때 받지 못해 응급실을 이용하며 소요되는 사회적 비용도 줄일 수 있다고 판단한 것이다. 고령사회에 대비해 주기적으로 건강을 확인하여 질병을 예방할 수도 있다. 이에 따라, 미국, 싱가포르 등의 국가도 다양한 방식으로 방문진료를 시행하고 있다.

물론 우리나라 역시 보건소에서 시행하는 방문진료 및 방문간호 사업이 있고 노인장기요양제도 안에 방문간호 제도도 존재한다. 그런데 일반 의료기관에서 의사가 방문진료를 전문으로 하는 경우는 없었다. 가장 큰 이유는 방문진료에 대한 수가가 책정되지 않아서였다. 환자가 병원에 와서 진료받을 때와 방문진료로 진료받을 때 비용이 똑같았다. 교통비 등을 환자에게 실비로 청구할 수 있다고는 하나 그러기는 현실적으로 불가능했다.

그러다 2018년 장애인 건강주치의제도, 2019년 방문진료 시범사업이 시작되었다. 장애인 건강주치의제도는 '중증장애인도 건강할 권리가 있다'는 취지로, 거동이 불편한 중증장애인에게 의사가 찾아가서 건강관리를 도울 수 있도록한, 우리나라 최초의 제도화된 왕진이다. 이로써 중증장애를 가진 환자를 의사가 방문해 진료하고 그에 따라 '방문진료' 비용을 청구할 수 있게 되었고, 방문진료 시범사업을 통해 거동이 불편한 노인들을 대상으로도 왕진을 하는 것이 가능해졌다. 의사는 단순히 치료만 제공하는 데 그치지 않고, 상담을 통해 환자의 생활습관을 개선하고 만성질환을 예방하는 것을 목표로 한다. 고혈압, 당뇨, 고지혈증 같은 만성질환은 관리가 안 되는 경우가 많으니, 적절한 교육을 실시해 만성질환이 뇌졸중, 치매 등 심각한 상태로 발전하는 걸 예방해 보자는 것이다.

많은 고민과 상의 끝에, 2019년 3월 중증장애인 및 거동 불편자들의 집을 찾겠다는 일념으로 '건강의집 의원'을 개원했다. 국내에서 처음으로 시도하는, 외래진료는 하지 않는 방문진료 전문의원. 우리는 1회 방문당 30분에서 한 시간 정도의 충분한 진료시간을 갖는다. 가정방문만 하는 것이 아니라 지역사회 돌봄체계에 참여하고 실질적으로 그 체계가 작동할 수 있도록 중증장애인과 칩거노인들을 위해 헌신하는 가족, 이웃, 요양보호사, 활동지원사, 사회복지사, 동주민센터 행정직원, 보건소 방문간호사 및 치료사 들을 만나서 고민을 나누고 도움을 주고받는다.

존재감 없이 하루하루 성실히 살아가자는 것이 삶의 신조인데, 겁도 없이 방문진료 전문의원을 개원한 후부터는 여러 사람의 집을 찾아다니며 헤매고 있다. 집만 찾아다니는 것이 아니라, 때로는 환자를 따라 배드민턴 치는 데도 가고 하모니카 부는 모임에도 간다. 방문 대상이 중증장애인이기에 휠체어를 타고 배드민턴을 치기도 하고, 2층에서 1층으로 하모니카 부는 환자의 휠체어를 옮겨주기도 한다. 그렇게 여기저기 쏘다니다 보니, 어느새 동네에서 별명도 생겼다. 닥터 홍. 줄여서 '닥홍'이라고들 하는데, 아이들은 '다콩'이라고도 부른다.

그러던 중 만나게 된 B는 척수장애로 전동휠체어를 타고 생활하고 있었다. B는 말수가 적어서 항상 어떤 말을 건네야 할지, 어떻게 대화를 시작해야 할지 막막하기도 했다. 그래도 차근차근 건강상태를 체크하면서, 혈액검사를 통해 당뇨 위험이 있다는 것을 알게 되었다. 나는 B에게 만성질환에 대한 기본적인 정보를 알려주고 생활습관에 대해 질문하고는 평소 관리법에 대해 조언했다.

집에서 진료하다 보면 의학상담만 하는 것이 아니라 식습관, 주량, 취미생활, 사회적 관계망 혹은 신변잡기까지 서로 이야기하게 되는데, 하루는 그렇게 이야기하던 도중 B가 요새 대학로에서 노래연습을 하고 있다고 했다. 처음 해보는 일이라 힘들다고 하기에, '몇 번 가다 안 가려고 하는 건 아닐까' 하는 걱정도 들었다. 나는 노래가 어떤 약보다도 좋은 치료제라는 생각이 들어 힘들어도 계속해 보라고 격려했다.

6개월 정도 B의 집을 드나들었다. 다행히도, 혈액검사 소견이 호전되어 기분 좋은 관계를 이어가던 중, B가 공연 소식을 알려주었다. 그만두지 않고 공연까지 가다니, 정말 반갑고 기쁜 이야기였다. 조심스레 언제, 어디서 하느냐고 물었다. 간다고 하면 부담스러워할 것 같아, 그저 "대단하시네요. 잘하실 거예요"라고만 격려했다.

마침내 공연 날. 이 집, 저 집 다니느라 정신없던 와중이었지만 시간과 장소를 수차례 체크하며 공연 갈 틈을 만들었다. 헐레벌떡 공연장 엘리베이터에 올라 숨을 고르는데, 문이 열리고 그 앞에 마침 B가 서 있었다. 웃으며 인사를 건네자 B는 깜짝 놀랐다.

"어떻게 오셨어요."

"인터넷으로 찾아봤어요. 유명하시던데요."

그가 속한 중창단은 한 장애인자립지원센터에서 진행하는 문화 프로그램의 일환으로 탄생한 팀이었는데, 알아보니 버스킹도 하고 가요제에서 상도 탄 실력파였다. 나는 공연장에 온 B의 아내, 자녀와도 인사를 나누고 조용히 뒷자리에 앉았다.

멤버이자 그 자신도 장애인인 장애인자립지원센터 센터장이 사회를 보며 공연의 문을 열었다. 그는 자신들이 음악을 전공하지 않은 순수 아마추어라고 소개하고 노래 중간중간 "들을 만하시죠" 하고 겸손하게 말했는데, 실상은 꽤 실력 있는 중창단이었다.

노래를 듣는데 지난 시간이 떠오르며 자꾸만 눈물이 흘렀다. 그들이 장애인이라서 특별히 감동을 받은 것이었을까? 글쎄, 잘 모르겠다. 나 역시 인지하든 인지하지 못하든 차별의 시선을 가지고 있을 테니까.

의사란 정상과 비정상의 경계를 나누고 비정상을 정상화하는 역할을 한다. 나는 그러고 싶지 않았다. 중증장애인들의 집을 찾으며 다른 의사가 되고 싶었다. 그래서 장애인 대상자를 만나며 장애란 단어 자체를 쓰지 않으려고 했다. 장애인이라는 정체성으로 호명할 필요는 없다고 판단해서였다. 그들을 치료 대상으로 대하는 대신 그저 그들의 이웃이자 친구가 되고 싶었다. 치료가 시급한 문제가 있다면 해결하고자 노력했지만, 보통은 그들의 이야기를 들었다. '정상'이 따로 있는 것이 아니며, 서로의 다른 점, 즉 '비정상성' 덕분에 우리는 함께 살아갈 수밖에 없고 그로 인해 아픈 세상을 아름답게 바라볼 수 있다고 새삼 느끼면서.

사회자는 B의 솔로 공연을 소개하며 이렇게 말했다.

"이 분이 경추장애예요. 배에 힘을 못 줘요. 그런데 노래를 기가 막히게 잘합니다."

그랬다. B는 노래를 정말 잘했다. 사회자는 노래가 끝나고 이렇게 덧붙였다.

"노래 잘하죠? 배에 힘을 못 줘도 이렇게 잘합니다. 여러분도 잘할 수 있습니다."

감사하게도 노래를 못하는 비장애인인 나에게 B는 큰 희망을 전해주었다.

건강을 도모하는 일은 대단한 검사와 치료로 가능한 것이 아니라고 생각한다. 검사나 치료는 신체의 상태를 확인하기 위해 잠시 받는 기술적 도움일 뿐이다. 그렇다고 홀로 건강을 돌보는 것은 어려운 일이다. 함께 사는 이들과 곁에서 긴 인생을 울고 웃으며 안부를 챙기는 것이 서로의 건강을 돌보기 위해 우리가 할 수 있는, 작지만 큰 일임을 잊지 말아야 한다.

그런 맥락에서, 방문진료라는 것이 단순히 '병원에서 하는 진료를 집으로 옮겨 오는 것'에 불과하지는 않을 것이라고 믿는다. 움직일 수 있는 쪽이 움직일 수 없는 쪽을 위해 찾아가는 것, 그런 편의적인 행위 이상의 의미를 지닌다고 말이다.

방문진료의 가능성과 의미를 더욱 생각해 보려고 한다. 집이라서 가능한 것들, 사는 곳이 알려주는 여러 단서들이 분명 있을 텐데 말이다. 방문진료 전문의원을 열기 전 나는 '집'을 운영했었다. 의료기관이 아닌 삶의 장소에서 사람들을 만나보고 싶어서 방 한 칸을 얻어 '건강의집'이라고 이름 지었더니 사람들이 모였고 곧 누구라도 편히 지내는 모두의 집이 되었다. 그러다 집을 구하기 어려운 청년활동가들이 들어와 함께 살았다. 사적 공간의 대명사인 집은 모두의 것이 되었다. 오는 사람 안 막고, 가는 사람 안 붙잡으니 점점 여러 사람이 드나드는 해방의 공간이 되어갔다.

건강의집 의원을 여는 계기가 된 이 경험을 통해, 집이란 관계를 촉진하는 장소가 될 수 있다는 것을 알게 되었다.

같은 집을 여러 번 찾아가면

그 집의 모양과 냄새에 익숙해진다.

그곳의 삶이 입체적으로 다가온다.

그 너머의 삶을 함께 그려볼 수 있다.

나는 여기서 한 발 더 나아가고 싶다. 방문진료 경험이 차곡차곡 쌓이다 보면 새로운 건강체계를 모색해 볼 수도 있지 않을까. 실은, 이것이야말로 B가 내게 준 작은 희망의 씨앗이었다.

건강보험이 말소된 어르신은
어떻게 살까

주민센터 의뢰로 L의 집을 찾았다. L의 집은 오래된 주택의 반지하였다. 문을 두드리는데 기척이 없었다. 혹시나 하고 밀었더니 문이 열렸다. 방에서 TV 소리가 들리는 것으로 보아 누군가가 있는 것 같았다.

"어르신, 계세요?"

인기척을 내며 천천히 들어갔더니 한 노인이 곤히 잠을 자고 있었다. 직접 깨우기는 죄송해서 문을 계속 두드리는데 전혀 반응이 없었다. 그제야 주민센터에서 건넨 의뢰서에 "청력 소실"이라고 적혀 있던 게 기억났다.

깊은 잠에 잘 들지 못하는 노인들이 많다 보니, 혹여 모처럼 맞이한 단잠을 방해하면 안 되겠다 싶어 밖으로 나왔다. 그래도 진료가 필요한 상황이라 일단 기다렸다. 15분쯤 지나 마치 처음 온 것처럼 같은 순서를 반복했다. 방에 들어가진 않고 문 앞에서 꽤 큰 소리로 "어르신!" 하고 외쳤지만 역시 아무런 응답도 없었다. 하는 수 없이 다시 밖으로 나왔다. 시간이 충분히 필요할 것 같아 자판기 커피를 한 잔 뽑아 들고는 30여 분 뒤 처음 온 것처럼 같은 순서를 한 번 더 반복했다.

다행히 이번에는 L이 일어난 상태였다. 귀가 어두워 소통이 쉽지 않았다. 목에 건 명찰로 나를 알리고 인적사항을 확인하고 아픈 곳은 없는지 등 여러 가지를 여쭤보았지만, 대답이 명확하지 않았다.

L은 약간의 거동은 가능했지만, 허리도 굽고 바싹 말라 기력이 없어서 낙상 위험이 커 보였다. 만성질환 약도 꼬박꼬박 복용해야 했다. 주민센터에서는 L이 장기요양 서비스를 받을 수 있도록 나에게 소견서를 부탁했다. 내가 판단하기에도 L은 식사나 목욕 등 일상생활을 유지하는 데 최소한의 도움을 받을 수 있는 요양보호사 지원이 절실해 보였다. 건강상태가 악화되지 않도록 지금부터 관리해서 몇 달 뒤 혹

은 몇 년 뒤 진행될 노쇠화를 늦춰야 하는 상황이었다. 혼자서는 결코 불가능한 일이었다.

비슷한 시기, 주민센터에서 의뢰한 70대 후반의 O는 건강보험이 말소된 상태였다. 주민센터 간호사님이 혈압이 높아 걱정된다며 내게 진료를 부탁했는데, 확인해 보니 O는 정말 혈압이 매우 높았다. 약을 먹으면 좋겠는데 건강보험이 말소된 상태라 다시 보험부터 회복하고 약 처방을 하기로 했다.

O는 강원도에서 지내다가 가까운 가족들이 세상을 떠나고 먹고살 길이 사라지자, 이웃을 따라 인천으로 와서 소일거리를 하며 지냈다고 했다. 그러다 지금은 서울의 월세 25만 원짜리 단칸방에서 지내고 있다는 것이다. 낮 시간에는 폐지를 줍고 나머지 시간에는 집에 있다고 하는데, 집은 난방도 안 되고 바닥에는 겨우 한 사람이 누우면 꽉 차는 크기의 전기장판 한 장만이 깔려 있었다.

"집에서는 뭐 하며 시간 보내세요?"

"책 보거나 그냥 있지."

책이라고 해봐야 몇 권 있지도 않았다.

건강보험 말소 상태로 봐서는 병원에 마지막으로 간 게 언제인지 짐작도 되지 않았다. 얼마 뒤, 그의 건강보험을 회복시키고 몇 가지 검사를 진행했다. 다행히 큰 문제는 없었지만 추운 겨울이라 높은 혈압이 걱정이었다.

검사 후 며칠이 지나 주민센터 사회복지사님과 함께 혈압약을 들고 O를 찾아갔다. 약을 드시면 좋겠다고 하자 그는 떨떠름한 목소리로 말했다.

"예전에는 산에 가서 약초 캐다가 끓여 먹고 몸이 좋아졌었는데⋯⋯."

O는 약 먹는 게 익숙지 않아서인지 우리가 약 가져간 게 탐탁지 않은 기색이었다. '약을 드시면 좋을 텐데' 하는 생각이 들어 작은 한숨이 비어져 나왔다.

O의 상황을 봤을 때 약도 약이지만 당장 생활을 해나가는 게 중요했다. 월세도 내야 하고 뭐라도 먹을 게 있어야 하는데, 그러려면 돈이 필요했다. 이 부분을 물어보니 얼마 전 주민센터에서 방문해 통장을 만들어 주고 생활비를 지원해 주었다고 했다.

"그런데 어르신, 저번에 저희랑 같이 은행에 가서 통장 만들었잖아요. 그거 어디에 있어요? 저희가 생활비 쓰시라고 지원해 드렸는데."

사회복지사님의 물음에 그는 "통장이 어디에 있더라?"

하며 여기저기를 뒤지기 시작했는데, 순간 통장을 잃어버린 건지, 얼마 전 일을 기억하지 못하는 건지 알 수 없었다. '인지가 온전치 않은 건가' 하는 생각에 초조해질 때쯤 두꺼운 책을 뒤적거리던 O가 "이거?" 하고 무언가를 꺼냈다. 다행히, 통장이었다.

그래도 가슴 한 편은 여전히 답답했다. 필요할 때 쓰라고 만들어 준 건데, 사용할 줄 모르면 소용이 없는 것 아닌가.

"아니, 사람들이 들어와서 뒤지니까……."

O는 간혹 집에 좀도둑이 들어서 통장을 숨겨 놓았다며 말끝을 흐렸다. 집 현관문이 거리와 바로 마주하고 있어서 누군가가 들어와 집을 뒤지고 무언가 훔쳐가는 일이 있었던 모양이었다. 사회복지사님과 나는 그날 방문을 마치고, 얼른 은행에서 돈을 찾아와 O가 월세 내고 식사하는 것을 도와야겠다고 마음을 모았다.

L이나 O 같은 노인들을 정말 많이 본다. 그럴 때마다 '이들은 도대체 어떻게 살아가나' 하는 생각이 떠나질 않는다. 며칠 만나지 못할 때에는 잘 지내는지 걱정이 앞선다. 물론 나는 그저 잠시 그들의 삶을 엿보고 돌아온 방문객일 뿐이

다. 그 삶의 모습을 온전히 이해하기란 어렵다는 뜻이다. 그들은 내 걱정이 무색하게도 오랜 시간 동안 제 나름의 방법대로 잘 살아왔을 것이다.

하지만 그들이 처한 환경을 보면 순식간에 슬픔이 밀려온다. 반지하 방 문 앞의 정돈되지 않은 가스 선로, 몸 하나 겨우 누일 수 있는 전기장판, 최소한의 안전장치조차 없는 현관문. 너무나 위태로운 환경이다. 게다가 병원 방문이나 건강관리, 은행 업무 등 혼자서 해결하기 어려운, 그러나 반드시 챙겨야 하는 일들도 많다.

이들과 마찬가지로, 누군가의 돌봄이 없으면 생활 자체가 거의 불가능한데도 복지 사각지대에 놓여 필요한 돌봄 서비스를 충분히 받지 못하는 이들이 너무나 많다. 그런 사각지대를 동네 이웃이나 종교단체의 교우 들이 채워주길 바라보지만, 이는 그야말로 순진한 '기대'에 불과하다.

나는 이들을 위해 무엇을 할 수 있고, 무엇을 할 수 없나. 그리고 앞으로 무엇을 해야 하나. 답은 요원하고, 오늘따라 바람은 스산하기만 하다.

고독사보다
슬픈 고독생

"선생님, ○○ 복지관이에요. C 님 사망 소식 알려드리려고 전화했어요. 또 가실까 봐서요."

"정말요? 제가 얼마 전에 가서 문을 두드렸는데, 반응이 없어서 못 뵙고 돌아왔어요. 어떻게 된 건가요?"

"집에서 쓰러져 계신 걸 발견했는데, 이미 사망하셨다고 해요."

C는 임대아파트 단지 내 복지관에서 의뢰한 분이었다. 혼자 사는 80대 여성으로 인지가 또렷하지 않고 집 안의 쓰레기를 버리지 못해 모아놓고 사는 상황이었다. 복지관 간호사님은 그가 스스로 병원을 찾지 않으니, 나에게 방문관리를

해달라고 요청했었다.

C의 집으로 찾아가 전화를 걸었지만 아무도 받지 않았다. 문을 두드렸는데도 반응이 없어 막 돌아가려던 차, 엘리베이터에서 한 할머니가 내렸다.

"안녕하세요. 혹시 C 님이세요? 저 ○○복지관에서 알려주셔서 찾아온 방문의사예요. 잠깐 시간 좀 내주실 수 있을까요?"

C는 경계심이 높았다. 복지관 직원마저 믿을 수 없는 사람이라는 듯이 말했다. 내가 정말 의사인지, 믿을 만한 사람인지 확인할 길이 없으니 그 경계심도 충분히 이해가 갔다. 집에는 같이 들어갈 수 없다고 하여, 복도에 놓여 있던 쓰러지기 직전의 나무 의자에 함께 앉았다.

이야기가 어느 정도 무르익자, C는 자신이 잘 돌보지 못한 자녀에 대해 미안한 마음을 토로했다. 들은 바와 달리 인지가 꽤 또렷했다. 그저 홀로 살아오며 주변 사람들과 친밀한 관계를 맺지 못했을 뿐이라는 생각이 들었다.

추위에 떨며 한 시간가량 함께 이야기를 나누다 보니, 앞으로 차근차근 서로가 생각하는 건강의 의미를 맞춰가 보면 되겠다는 기대가 생겼다. 다행히, 가지고 있던 파스를 건네자 무척 좋아했다. 나는 다음에 또 드리겠다고, 대신 집을 한 번 보여달라고 했다. 그러나 C는 쭈뼛거리며 선뜻 집을 보여주지 못했고, 나는 문가에 서서 물건이 가득한 너저분한 집 안을 슬쩍 들여다보며 현재 C가 가지고 있는 약만 간단히 확인했다. 이후, C의 집 근처를 지날 때마다 한 번씩 들렀는데, 두 번 만나면 한 번은 못 만나는 식이었다. 운 좋게 만날 때는 파스를 건네고 이야기도 나눴다. 그 뒤로도 몇 번 집을 찾았을 때 반응이 없어 다음에 오면 뵙겠지, 하며 돌아서는 일이 잦아지던 참이었다.

C의 사망 소식을 들으니 그와의 첫 만남이 떠올랐다. 강한 경계심을 보여 나도 돌아서야 하나 말아야 하나 많이 망설였다. 마침 복도를 지나던 이웃들은 C에게 따가운 눈길을 보냈다. 그래도 포기하지 않고 대화를 나누다 보니 마침내 공유되는 무언가가 있었고, 우리가 연결되었다는 약간의 느낌이 왔었다. 내가 워낙 실력 없는 의사라 순간적으로 대단한 치료를 하거나 좋은 약을 처방하진 못하지만, 잠깐 나누는 대화에서 최대한의 존중을 선사하고 싶었다. 그러나 깊은 이야기를 나눈 건 그날이 처음이자 마지막이었다.

코로나19 사태가 본격적으로 시작되기 얼마 전인 2020년 1월 일본의 방문진료를 배우고자 도쿄 시내에 있는 방문진료 전문의원을 찾은 적 있다. 처음 찾았을 때는 간담회만 진행했는데, 좀 더 제대로 배우고 싶다는 생각에 방문진료 참관을 요청했다. 곧 따라와도 좋다는 허락을 받게 되어 몇 주 뒤 다시 비행기에 몸을 실었다.

처음 방문한 곳은 한 해 전 남편과 사별하고 경증 치매와 고혈압을 앓고 있는 어느 할머니의 집이었다.

"이분이 항상 하는 이야기가 외롭다는 거예요."

일본의 방문진료 의사인 하야시 선생님은 집을 나서며 이렇게 말했다.

"한국도 똑같아요. 혼자 사는 어르신을 만나면 외롭다는 이야기가 대부분이에요."

나도 씁쓸하게 대꾸했다.

하야시 선생님은 그 할머니에게 사람들을 만나보라고 계속해서 권했지만, 할머니는 사람들과 쉽게 어울릴 수 없어 결국 고립을 택했다고 한다. 이런 환자에게 정기적으로 전화하고 방문하는 의사란 얼마나 중요한 존재인가 싶었다. 하야시 선생님 역시 이 사실을 충분히 알고 있는 듯했다.

그는 자신의 일 중 하나가 '애도를 돌보는 것'이라고 했다. 할머니 같은 분들은 반려자의 죽음 이후를 홀로 견뎌야 한다. 고령자에게 애도의 시간은 평생의 추억을 정리하는 더딘 과정이다. 하야시 선생님은 그것을 이해하고, 어떤 활동을 강요하기보다는 충분히 마음 정리할 시간을 갖도록 기다리고 또 함께하고 있었다.

문득, 보건소의 의뢰로 방문진료를 담당하고 있는 80대 환자가 떠올랐다. 그도 한 해 전 남편과 사별하고 혼자 외로이 살고 있었다. 자녀들이 있지만 멀리 살고 있어서 자주 볼 수 없다며, 종종 방문하는 우리 의료인들을 손주 같다고 반겨주었다. 운동도 열심히 하고 식습관도 바꿔보려 노력하는 등 건강관리는 잘 이루어지고 있는 편이었지만, 방문객이 떠난 후 홀로 보내는 시간이 너무 외롭다고 했다.

"불나면 누가 꺼줘, 이웃이 꺼주지. 멀리 사는 자식들, 소용없어. 이렇게 찾아주는 우리 손주들이 제일 고마워. 또 와야 돼. 안 오면 절대 안 돼."

헤어질 때는 어찌나 아쉬워하는지 나와서 승강기를 직접 잡아주고, 승강기 문이 닫힐 때까지 하트를 그리며 우리를 배웅한다. 보건소 사업으로 단기간 건강 돌봄을 위해 찾았던 터라 방문을 잠시 중단해야 하는 시점이었지만, 우리는 또 오겠다는 선의의 거짓말을 할 수밖에 없었다.

생각에 잠긴 사이, 어느덧 하야시 선생님과 마지막으로 방문할 집에 가게 되었다. 중년의 손자와 함께 살고 있는 어느 할머니 댁이었다. 집이 크고 깔끔했다. 이 집에 살고 있는 할머니는 아흔여덟 살로 오전 동안 방문한 여섯 명 중 가장 고령이었는데 가장 건강해 보였다. 일본어를 전혀 이해하지 못하지만 의사 선생님, 할머니와 손자가 즐겁게 이야기를 나눈다는 것만은 느낄 수 있었다. 하야시 선생님은 집을 나오며 할머니가 말씀을 재미있게 잘 하신다고 했다. 확실히, 노인들에게는 생물학적 나이보다 가까이 있는 관계망이 건강에 더 큰 영향을 미친다는 생각이 들었다.

30대를 살아가는 나로서는 고령자의 삶을 전적으로 이해하기 어렵다. 다만, 이들에게 외로움이 가장 큰 적이라는 것만큼은 명백해 보인다. 어디 고령자뿐일까. 고립된 청년들에게도 외로움이 무섭기는 매한가지다. 때때로 고립된 채 삶을 마감하는 청년들의 뉴스를 보면 C의 사망 소식을 들었을 때만큼이나 가슴이 답답하고 무거워진다.

좋은 죽음이란 무엇일까. 나쁜 죽음도 있을까? 죽음 자체는 중립적이다. 당사자 입장에서 보면 죽음 자체는 대체로 평등하다. 첨단 의료기술은 획기적으로 생명 연장을 실현했지만 금은보화를 잔뜩 쌓아두었든 쓰레기를 잔뜩 쌓아두었든 죽음을 맞은 본인에게는 그 모든 것이 아무런 의미가 없다. 죽음의 '질'은 산 사람에게나 의미가 있을 뿐이다.

그래서일까. 나는 고독사보다는 고독생이 더 슬프다. 바이러스로 인한 위기도 무섭지만, 그로 인해 서로를 돌보지 않고 누군가가 외로움 속에서 서서히 잊히는 것이 더 끔찍하다. 코로나 사태 이후 우리는 보이지 않는 바이러스에는 벌벌 떨면서도 정작 눈앞에 보이는 사람의 실질적 고통에는 무덤덤해진 것 같아 너무나 가슴이 아프다.

C의 사망 소식을 듣고서, 한동안 내가 그의 고립감을 조금도 줄여주지 못했다는 생각에 자책감이 컸다. 그리고 이런 의문이 계속 맴돌았다.

고독생을 어떻게 공동생으로 확장할 수 있을까.

고독한 삶을 돌보는 관계들이 점점 확장되어야 할 텐데.

대체 우리가 왜 서로를 버려두게 된 건지, 어디서부터 숙제를 풀어가야 할지 감도 오지 않는다. 친구에게 연락을 소홀히 하고 부모님을 자주 찾지 못하는 나 또한 이 부분에 있어서만큼은 변명의 여지가 없다.

다만 의료인으로서 지금 당장 내가 할 수 있는 건 기계적인 방문진료일지라도 그것이 환자와의 마지막 만남일지 모른다는 생각으로 최선을 다하는 것, 존중의 순간을 꼭 만들어보는 것이라고 위안한다. 서서히 잊히는 사람들을 기억하기 위해 안간힘을 쓸 것이다.

의사가
굴뚝을 오른 까닭

2008년 어느 날, 고려대 경영학과 3학년에 재학 중이던 김예슬은 학문 없는 대학과 상품으로서의 삶을 거부한다는 내용의 대자보를 붙이고 대학을 자퇴했다. 이후 그는 대학 밖으로 나가 사회운동에 힘을 쏟으며 2016년 촛불집회를 기록하기도 했다.

당시 의대 본과 2학년이던 나는 그 선언이 더없이 반가웠고, 또 부끄러웠다. 나는 대학에 남아 있어야 하는가. 나 역시 이곳을 박차고 나가야 하는 것 아닌가. 제도를 떠나는 것이 상품으로서의 삶을 거부하는 일 아닐까. 그의 선언문은 큰 자극을 주었지만 쫄보인 나는 일단 의대를 졸업하고 의사가 되기로 했다. 다만 '상품으로서의 삶'을 거부하는 삶을 살아보자는 결론을 냈다. 합리화와 타협을 적절히 배합하는 선에서 고민을 정리한 셈이다.

내가 다녔던 의대는 총 6년 과정 중 3년을 강원도 강릉에서 배우고, 이후 3년은 경기도에 있는 협력 병원에서 수업을 듣고 실습을 했다. 입학 후 3년이 흘러 경기도로 이동했던 그 해 나는 본격적으로 사람들을 만나봐야겠다고 생각했다. 시민단체 모임이든, 투쟁 현장이든 가리지 않고 다니며 직접 현실을 마주하고 싶었다.

2008년 초, 태안반도 인근에서 있었던 기름유출 사건은 대기업의 비윤리성을 단적으로 보여준 사건이었다. 많은 국민이 그곳을 찾아가 바위에 묻은 기름을 직접 닦으며 구호의 손길을 보냈다. 그 해는 미국산 소고기 수입을 반대하는 촛불집회로 뜨거웠던 시절이기도 했다. 한쪽에서는 의료영리화 담론도 지속적으로 제기되고 있었다. 정부 주도로 의료영리화를 관철시키려 했던 것이다.

당시 나는 우연히 '보건의료진보포럼'이라는 모임에 참석할 기회가 있었다. 혜화동 서울대 의대 강의실에서 진행됐던 그 포럼에서는 의료영리화 저항에 관한 강연과 토론이 이어졌다. 이야기를 들어보니, 의료영리화는 말 그대로 의료 자체가 하나의 상품이 되는 것, 즉 사람들의 건강을 다루는 일로 돈을 벌겠다는 것이었다.

포럼 이후, 태안반도 주민들의 건강상태를 조사하러 간다는 내용의 전단지를 보게 된 나는 친구를 꼬드겨 함께 실태조사팀을 따라 태안에 갔다. 이때 의료실태를 조사한 이들은 인도주의실천의사협의회(이하 인의협) 소속 의사 선생님들이었다. 신입생 시절 《의사가 말하는 의사》라는 책을 읽은 적 있었다. 이 책 저자들이 인의협 소속 선생님들이어서 막연하게나마 인의협이라는 이름을 인지하고 있었다.

그곳에서 인의협 선생님들은 주민들을 상대로 설문조사를 하고 즉석 진료도 했다. 그때 활동하던 최규진 선생님(일명 QJ)을 비롯한 인의협 선생님들이 얼마나 멋있어 보이던지. 환자들을 성심성의껏 진료하고 집집마다 돌아다니며 설문하는 모습을 보면서 그들을 진심으로 존경하게 됐다. 그렇게 인의협과 인연을 맺었다.

보건의료진보포럼에 참여했던 의대생, 약대생, 한의대생, 간호대생 등 범의료계열 학생들은 태안 이후로도 모임을 이어갔다. 나도 이 모임에 자연스레 합류했는데, 이후 이 모임은 당시 공중보건의사였던 QJ를 중심으로 한 젊은 보건의료인들의 모임 '다리'가 되었다.

나는 의대생 시절엔 다리 모임에 드문드문 참석하는 은둔형 회원(?)이었다. 교회와 YMCA 청년 모임에서 이미 활동하던 중이라, 좀처럼 여력이 없었다. 다리 모임은 발만 담그고 있는 정도였다.

"이제 종원이도 졸업하는데 글 좀 써야지."

'다리'에서는 의료계 이슈를 다룬 잡지를 발간하고 있었다. QJ는 내가 의대를 졸업할 무렵, 이 잡지에 글을 실어보라고 격려해 준 것이었다. 그 말이 참 고마웠다. 그의 말대로 나는 잡지에 두어 편 글을 실었다. 김영하의 소설 《퀴즈쇼》를 읽고 쓴 서평과 라오스 여행기였다. 글을 쓰라는 QJ의 한마디 덕분에 인의협과의 인연이 계속 이어진 것이니 그 말에 큰 빚을 진 셈이다.

QJ는 인의협과 보건의료 진보운동을 이끌던 보건의료단체연합 소속으로, 보건의료 진보운동에 헌신하겠다는 깊은 신념을 지닌 채 현장에서 온몸으로 싸우는 의사였다. 후배들은 그를 진정으로 따랐다. 나 역시 QJ를 존경했고, 그에게서 많은 것을 배우고 싶었다. 실제로 그는 의사로서의 삶에 대한 고민을 풀어놓을 때마다 충분히 경청해 주면서 내게 조언을 아끼지 않았다.

인의협은 의료가 상품화하는 데 저항하며 우리 사회가 건강할 수 있도록 빛과 소금 역할을 하는 단체다(인의협의 역사는 최규진 선생님이 집필한 인의협 30년사 《광장 위에 선 의사들》을 통해 확인할 수 있다). 그때 이후 쭉 나는 인의협 회원으로 활동을 같이하긴 했지만, 사실 인의협 회원으로서 큰 기여를 한 바가 없었다. 그저 쪽방 진료에 가끔 참여해 주민들을 만나고, 학생캠프를 함께 기획하는 정도로 미약하게 활동할 뿐이었다.

그런 내가 드디어 인의협에 기여할 수 있는 일이 생겼다.

"혹시 굴뚝에 올라갈 수 있겠습니까?"

인의협 정책국장님한테서 갑자기 연락이 왔다. 나는 무슨 연유인지는 몰랐지만 당연히 해보겠다고 했다. 평소 의술에는 자신이 없어도 건강만큼은 자신있는 의사라고 큰소리치던 터였다.

한국합섬 시절부터 해고노동자 투쟁을 이어오는 투쟁 현

장이 있었다. 구미의 공장을 폐쇄하며 많은 노동자를 해고했고, 충청도에 어용 회사와 공장을 차렸지만 이내 그곳 또한 폐쇄하고 노동자를 해고한 곳. 바로 스타케미칼(스타플렉스의 자회사)이다. 2018년 당시 다섯 명의 노동자만이 남아 투쟁을 이어가고 있었다. 그 현장을 자세히 알지는 못했지만, 구미 스타플렉스 공장에서 차광호 지회장이 400여 일째 투쟁했다는 것, 인의협 소속 선생님이 굴뚝 진료 지원을 나갔던 것에 대해서는 알고 있었다.

스타플렉스 측은 복직을 약속하며 차광호 지회장이 굴뚝을 내려온 후 자회사인 파인텍으로 고용을 승계하기로 했지만, 사실상 이 약속은 제대로 지켜지지 않았다. 절망한 노동자들은 2017년 11월 목동 열병합발전소 굴뚝에 다시 오를 수밖에 없었다. 홍기탁, 박준호 두 동지가 기습적으로 굴뚝에 올라 자신들의 상황을 알렸다.

60여 일이 지난 2018년 1월, 인의협은 75미터의 굴뚝에 있는 두 노동자의 건강상태를 점검하기 위해 의료진을 파견하기로 했다. 구미 투쟁 때는 의료진이 크레인을 타고 건너갈 수 있는 높이였지만, 이번에는 달랐다. 75미터 높이에 접근할 수 있는 크레인은 없었기에 맨몸으로 올라야 하는 상황이었다.

그러던 중 인의협 활동을 하며 평소 어린 후배들을 살뜰히 챙겨주던 정책국장님이 내가 운동을 열심히 한다는 걸 기억하고 연락을 해온 것이다.

"선생님은 건강하시니까. 그냥 올라가서 피만 좀 뽑고 오면 됩니다."

정책국장님은 특유의 유머로 이렇게 이야기했다.

"네, 제가 갑니다."

인의협에 크게 기여한 적도 없고 앞으로도 기여할 능력이 안 된다고 생각하던 차라, 나는 흔쾌히 답했다.

며칠 후, 아침 일찍 신목동역에 내려 투쟁 현장을 향하는데 무시무시하게 높은 굴뚝들이 보였다.

'아니, 저기에 올라가들 계시다고?'

그들이 올라가 있다는 굴뚝이 어떤 모양인지 사전에 검색해 보긴 했었지만, 막상 굴뚝 앞에 서자 그 위에 있는 게 어떤 느낌일지 도저히 상상이 되질 않았다. 실제로 보고 나니 더 현실감이 사라지는 느낌이었다. 아니, 그 높이가 믿기지 않았다고 해야 할까.

농성장 아래에서 지원을 담당하고 있는 차광호 지회장님

을 만났다. 굴뚝을 오를 이는 다행히 나 혼자가 아니었다. 스타케미칼 노동자들의 진료를 오랫동안 지원하고 있는 한의사 선생님과 국가인권위원회 소속 변호사님이 함께 오른다고 했다. 우리는 인사를 나눈 후, 한의사 선생님이 먼저 오르고 그다음 변호사님, 마지막으로 내가 오르기로 했다.

양천소방서에서 준비해 준 안전장비를 착용했다. 그리고 너무도 추웠던 그 겨울, 인생에 다시 없을 굴뚝 등반을 시작했다. 한 형사님이 같이 오르며 우리를 안내했다. 세 계단 오를 때마다 클립을 걸고 안전하게 발걸음을 옮겼지만, 간혹 아래를 보면 다리가 후들후들 떨렸다. 가장 어린 내가 죽는 소리를 할 수 없으니 애써 씩씩한 척했다. 다른 두 분은 잘도 올라갔다.

약 3분의 1 지점까지는 계단으로 오르고, 나머지 3분의 2는 사다리로 올라가야 했다. 사다리는 네 개였는데 각 사다리당 길이가 약 12미터쯤 됐다. 한 사다리를 다 오르면 작은 공간이 있어서 잠시 쉴 수 있었다. 그렇게 오르고 쉬길 반복하다가 마지막 사다리를 남겨두었을 때, 안내하는 형사님을 보고 두 노동자가 올라오지 말라며 실랑이를 했다. 형사님도 우리를 안내하러 온 것뿐이니 오해하지 말라고, 자신은 내려

가서 기다리겠다고 했다.

드디어, 첫 굴뚝 상봉이 이루어졌다.

두 동지는 우리를 반갑게 맞이해 주었다. 그들과 한의사 선생님은 원래 잘 아는 사이여서인지 자연스레 건강상태에 대한 대화가 오갔다. 나는 간단히 활력징후를 검사하고 채혈을 했다. 그러고는 좁은 공간에 옹기종기 모여 굴뚝 생활에 대해 이야기를 나눴다. 변호사님은 투쟁 상황과 굴뚝 생활을 인권의 관점에서 묻고 메모했다. 한의사 선생님은 즉석에서 침을 놔주었다.

올라가서 보니 그곳은 결코 사람이 지낼 수 있을 만한 환경이 아니었다. 그저 굴뚝 꼭대기에 굴뚝 점검용 난간으로 설치해 둔, 80센티미터 정도의 원형 트랙에 불과했다. 몸을 바로 눕히기 어려울 만큼 좁은 공간이었는데, 그곳에서 먹고 쉬고 자고 다 하는 것이었다.

때는 1월, 매서운 한파에 바닥에 깔아놓은 매트가 얼고 녹기를 반복할 만큼 견디기 힘든 날씨가 이어지고 있었다. 그런 환경에서 60여 일째 노숙을 하고 있으니, 그야말로 움직임의 자유가 차단된 고행과 다름없었다. 오르기 전 "두 분의 건강상태가 좋지 않다 싶으면, 건강을 먼저 챙기자고 권유하라"라는 지침을 들었는데, 막상 얼굴을 마주하고 보니 두 동지는 이 사태가 해결되기 전에는 절대 내려가지 않을 것 같았다. 설령 자신의 몸이 상하더라도. 그들은 지상에서 보다 강력한 투쟁을 이어가기 위해 올라온 만큼, 환경에 구애받지 않고 자기수련을 실천 중이었다. 규칙적으로 식사하고 잠들고 책 읽고 운동하고 연대활동에 참여하고. 정말 대단한 결의였다.

그들의 결의는 어떤 것이었을까. 우리 사회는 노동자를 하찮게 본다. 오로지 자본가를 찬양할 뿐이다. 노동자들은 고된 노동 끝에 언젠가 자신도 자본가가 되기를 고대한다. 평생을 노동자로 살아온 이들은 자기 자식만큼은 노동자가 되지 않기를 간절히 바란다.

노동자를 하찮게 보는 이유는 우리 시대의 노동이 시급 몇천 원으로 살 수 있는 값싼 것이기 때문이다. 시급 높은 물건일수록 값어치가 클 수밖에 없으니, 모두가 시급 높은 상품이 되려고 노력한다. 그렇게 시급은 사람의 가치를 평가하는 수단이 된다. 모든 것이 상품화한 사회에서, 사람들은 더 좋은 상품이 되고자 노력하고, 또 좋은 상품이 되어 번 돈으로 다른 인간의 노동력을 살 수 있다고 믿는다. 잔인하지만 이것이 현실이다.

청년들이 스펙 쌓기에 열중하는 것도, 자신을 조금이라도 좋은 상품으로 만들고 싶어서다. 그것이 꿈을 찾아가는 과정이라는 건 기성세대가 만들어낸 그럴싸한 포장 아닐까. 청년들을 향한 응원의 말들―꿈을 이뤄라. 큰 포부를 가져라. 남들이 하지 않은 일을 해라―은 간혹 무책임한 것을 넘어 무섭게까지 들린다. 이런 느낌이다.

지배하는 사람이 되어라. 높은 위치에 올라라. 다른 방식으로 돈 벌 방법을 찾아라.

지금 우리에게 정말 필요한 건 이런 물음이 아닐까.

우리가 어떻게 함께 살아갈 수 있을지,
왜 사회적 약자를 도와야 하는지,
강자와 약자의 격차가 벌어지지 않도록
할 수는 없을지,
약자가 되지 않기 위해 경쟁하지 않고
어느 누구도 약자가 되지 않도록
서로 도울 수는 없을지.

혹자는 요즘 노동운동이 너무 오래된 투쟁 방식이라고, 또 자기 밥그릇 챙기기라고 손가락질하지만, 생각해 보자. 우리는 언제나 노동자들의 투쟁에 큰 빚을 져왔다. 굳이 전태일 열사까지 거슬러 올라가지 않더라도. 아직도 몇몇 장기투쟁 현장에서는 인간을 물건으로 대우하지 말라고 외치는 그들이 있다. 파인텍의 두 동지 역시 마찬가지였다. 이들은 자신들이 값싼 물건으로 취급당한 것에 분노했고 또 노동자들이 더는 값싼 물건으로 취급받지 않는 사회를 만들기 위해, 목숨을 걸고 굴뚝에 올랐던 것이다.

진료를 마치고 내려가려던 참에 깡깡 언 물이 담긴 페트병을 보았다.

"저걸로 어떻게 씻으시나요?"

"저거는 여름에 샤워할 물이에요."

"아니, 여름까지 계실 거예요?"

정말 그랬다. 1월에 처음 굴뚝을 올랐던 나는 4월에도, 7월에도, 또 9월에도 굴뚝을 오를 수밖에 없었다. 촛불을 통해 정권이 바뀌었지만, 인간이 물건으로 취급받는 사회는 바뀌지 않았다.

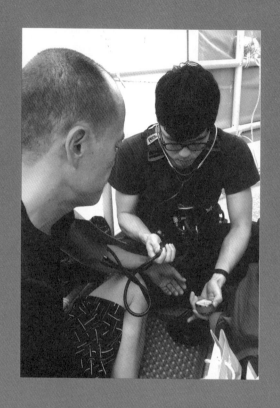

모든 것이 상품화한 사회에서,

사람들은 더 좋은 상품이 되고자 노력하고,

또 좋은 상품이 되어 번 돈으로 다른 인간의 노동력을

살 수 있다고 믿는다.

우리 사회에서 '노동자'는 '자본가'에 의해 쉽사리 주체성이 사라지곤 한다. 그러한 주체성의 훼손은 노동자의 몸에 드러난다. 결국 건강을 지킬 수 없는 상황까지 온다. 고공 농성을 이어가는 노동자들은 자신들의 주체성을 지키기 위해, 나아가 모든 노동자들을 위해 목숨을 걸고 투쟁하고 있었다. 그들의 신체적 건강은 나날이 악화되는 상황이었지만, 다른 눈으로 보면 그들은 주체적 건강을 잘 유지하는 것 같았다.

몸은 치료받고 건강해질 수 있으니 괜찮다. 하지만 구조적으로 우리를 아프게 하는 문제들은 힘을 합쳐 바꿔나가야 한다. 그런 점에서 그들이야말로 사회의 건강을 찾아주는 주역이란 생각이 들었다.

그들을 뒤에서 묵묵히 지켜주는 인의협 또한 우리 사회의 건강을 받치고 있는 든든한 존재다. 2018년 1월 굴뚝에 오르고 나서 우연히 인터뷰 기회가 생겼다. 그때 기자님은 촛불 당시 백남기 농민의 병사 진단에 의혹을 제기했던 인의협의 성명서가 흐름을 바꿨다고 했다. 당시 그 일에 전혀 기여한 바 없는 나였지만 왠지 뿌듯했다. 독재 시절부터 지금까지, 사회가 아플 때 함께 아파해 온 선후배들이 있어 든든했다. 살다 보면 나도 우리 사회의 건강을 위해 기여할 기회가 있겠지.

더는 노동자들이 고공에서 투쟁을 이어가는 상황이 오지 않길 바라지만, 투쟁하는 노동자들은 여전히 많다. 그들의 투쟁을 지지한다. 그리고 그들이 건강히 삶을 이어나가길 소망한다.*

* 2019년 1월 11일, 파인텍 노사는 20시간이 넘어가는 밤샘 협의 끝에 극적으로 협상을 타결했다. 이로써 고공농성이 시작된 지 426일 만에 파인텍 노동자 홍기탁, 박준호 님은 75미터 높이의 굴뚝을 내려올 수 있었다.

그 만남이 우리의
마지막일 수 있음을

위기가정 돌봄 문제로 만났던 서울의 한 동주민센터 공무원에게서 연락이 왔다. 그가 진료를 의뢰한 이는 40대 중반 남성 W였다. 당뇨 후유증으로 실명했고, 무릎과 골반 관절을 움직이지 못하는 상태로 원룸텔에 누워 있다고 했다. 피부 괴사도 진행 중이었다.

"반지하, 고시원을 전전하다가, 예전 활동지원사님이 돈을 보태줘서 지금 원룸텔 보증금을 마련했대요. 가족은 없는 것 같고, 사람들한테 사기만 당하며 살았다고 하고. 얼마 전에 ○○ 병원에 입원했는데 도망쳐 나왔어요. 이제 죽어도 병원에는 안 가겠대요."

W를 돌보는 장애인 활동지원사님은 자신이 알고 있는 정보들을 쉴 새 없이 들려주었다. W를 위해 보증금을 마련해 주었다는 예전 활동지원사의 이야기가 마치 동화처럼 들렸다. 이번 활동지원사님도 그의 딱한 사정 때문인지 무척이나 적극적이었다.

방문진료 의사로서 웬만하면 환자를 집에서 치료하려고 한다. 하지만 W의 상태는 심각했다. 피부는 썩어가고 관절 구축(가동범위 제한)으로 인한 통증도 심했다. W는 상처를 확인하려 했지만 온몸이 아프다며 꿈쩍도 하지 않으려 했다. 대소변을 지린 상태로 지낸 지도 오래였다. 영양상태가 불량한 건 말할 것도 없다. 병원에 가면 분명 나아질 텐데, 왜 그렇게 병원에 가기 싫어하는지 의아했다. 병원은 그에게 대체 어떤 모멸감을 주었을까.

이튿날 동주민센터에 전화를 걸어 119에 연락해 W를 입원시키는 게 좋겠다고 말했다. 집중치료 뒤 우리 쪽에서 치료를 이어가겠다고도 했다.

"119에서 입원을 권유했지만 본인이 극구 거부해 결국 병원에 가지 못했어요. 자기는 죽어도 집에서 죽을 거라고 한 시간이나 버텨서 결국 포기했어요. 선생님이 찾아와 주세요. 부탁합니다."

결국 우리밖에 없었다. 함께 일하는 간호사 두 명, 다른 의사 한 명 그리고 나까지 총 네 명의 의료진이 모여 W의 집을 다시 찾았다.

"상처 좀 보여주실 수 있을까요?"

"너무 아파요. 손대지 마세요."

"치료 잘 하고 건강 찾으셔야죠."

"저도 그러고 싶어요."

활동지원사님과 힘을 합쳐 상처를 살폈다. 방문진료 경험만큼은 자부하는 우리 팀도 이번에는 한숨부터 나왔다. 우리는 극심한 통증을 호소하는 W에게 계속 응원의 말을 건네며 몸통, 골반, 발목 등을 분담해 상처를 소독했다.

"괜찮죠? 참을 만하죠? 너무 잘하고 계세요. 그래도 소독하니까 시원하시죠. 이제부터는 저희가 꾸준히 와서 상처를 치료해 드릴게요. 약도 드릴 테니까 꼭 드세요. 함께 잘 회복해 봐요."

상처를 소독하고 항생제와 진통제를 처방했다. 그리고 치아가 없으니 유동식으로 영양을 보충할 수 있도록 조치했다. 활동지원사님은 W를 치료하기 위해 동분서주했다. W를 의뢰했던 공무원은 나에게 소견서를 써주면서 구 예산을 지원받을 수 있도록 해보겠다고 했다. 모두가 그를 위해 각자의 자리에서 최선을 다했다. 좋은 결과를 만들 수 있으리란 기대감이 얼핏 스쳤다.

"선생님, W가 죽은 거 같아요. 숨을 안 쉬어요."

전화기 너머로 활동지원사님이 울고 있었다. 상처를 소독한 지 이틀 지난 이른 아침이었다. 급히 간단한 물품을 챙겨 밖을 나섰다.

W는 눈을 감지 못한 채 마지막 숨을 뱉으려 하고 있었다. 심장이 뛰지 않았다. 급히 심폐소생술을 시작했다. 곧 119가 도착했고, 마지막 숨을 찾기 위해 심장충격기를 작동시켰지만, 그의 심장은 다시 뛰지 않았다. 얼마 후 경찰이 들러 간단한 조사를 했다. 그것으로 끝.

며칠 전 병원에 입원시켰다면, 아니 우리가 조금 더 빨리 W를 만났다면 어땠을까. 그가 생을 마감한 것은 숨을 거둔 지금일까, 사람들에게 버림받은 그때부터일까. 시력을 잃고 살이 썩어가고 신체 일부를 절단해야 하는 회복 불능의 상태였으니, 차라리 지금 여기서 생을 마감한 게 잘된 일은 아닐까. 또 다른 W를 만난다면 나는 그를 살릴 수 있을까. 온갖 생각이 머리를 어지럽혔다.

어떤 만남이든 마지막 만남일 수 있다는 사실을 늘 기억해야 했다. 그랬더라면 나는 조금 더 따뜻하게 W의 마지막 말을 경청했을 터였다.

50대 D는 만성 설사와 게임중독 문제로 보건소에서 의뢰한 환자였다. 나는 게임중독이 뭐가 문제인지 의아해하며 D의 집을 방문했다.

집 안에 들어서니 지린내가 코끝을 스쳤다. 못 참을 정도는 아니었지만 이후 오랫동안 기억에서 지워지지 않았을 만큼 강렬한 냄새였다. 집 안에는 콘솔게임 기기와 게임 CD들, 먹다 남은 음식물 등이 널브러져 있었다. 얼마 전 당뇨 합병증으로 양다리 절단 수술을 받은 D는 절단된 상태의 다리로 온 집 안을 기어다니다 보니 상처가 아물지 않아 출혈이 보이고 있었다.

어디서부터 접근해야 할지 난감했다. 게다가 영양사, 운동사, 간호사가 이미 방문하여 체계적으로 문제를 해결하려 시도했지만, 대체로 D가 교육에 따라주지 않아 더는 건강 개선이 어렵다고 모두가 판단했던 상황이었다. 어려운 시점에 내가 투입된 셈이었다.

D는 다리에 상처가 나더라도 더 자르면 된다는 식이었다. 설사 때문에 힘들고 심지어 가끔 변을 지리기도 하지만 먹는 것을 제한할 수는 없다고 했다. 집에서 가장 가까운 동네의원에서 언제든 상처 소독을 해주기로 허락한 상태였음에도 D가 도무지 가질 않으니 그 역시 소용이 없었다. 설사의 경우도 이미 다른 병원에서 강력한 지사제를 받아서 복용하고 있었는데 별반 효과가 없었다. 대장내시경을 하려고 했을 때는 도저히 금식을 할 수가 없어서 검사 직전 그냥 돌아왔다고 했다.

D는 말이 어눌했다. 집중해서 듣지 않으면 어떤 말을 하려고 하는지 정확히 이해하기 어려웠다. 나는 최대한 천천히, 조심스럽게 질문을 던졌다.

"어떻게 살아오셨어요?"

"형들 따라다니면서 막일했죠."

"가족들은 어디서 지내세요?"

"가족 없어요. 부모님은 어렸을 때 돌아가시고 둘째 형은 자살했고 큰형이 가끔 먹을 걸 가져다줘요."

"가까운 이웃은요?"

"다 없죠."

"외로우시겠어요."

부모님은 돌아가시고 둘째 형은 자살하고 유일하게 남은 큰형이 가끔 먹을 것을 챙겨준다라……. 문제를 교정하려 다그치기 전에 살아온 이야기를 들어보니 조금 실마리가 보이는 것 같았다.

"우리가 문 닫고 나서는 순간 요양보호사님과 웃으며 대화하는 소리가 들리는 걸 보니, 그동안의 접근이 틀렸던 것 같아요."

간호사님은 예전에 D의 문제를 교정하려고 했을 때는 제대로 된 대화를 하지 못했다고 회상했다. 우리도 D에게 잔소리를 늘어놓기보다는 요양보호사님처럼 그의 이야기를 먼저 잘 들으며 차근차근 서로를 알아가 보자고 했다.

그러던 중 D가 인덕션에 화상을 입는 일이 생겼다. 아무래도 기어서 생활하다 보니 인덕션도 사용하기 편하도록 바닥에 있었는데, 움직이다가 가열된 상태의 인덕션에 닿은 모양이었다. 안 그래도 상처가 있는데 깊은 화상까지 그 근처에 생겨버리니, 좋지 않은 상황이었다. 게다가 지속적인 소독이 필요한데도 D는 병원에 안 가고 버텼다. 결국 간호사님과 상의해 이틀 간격으로 D를 방문했다.

자주 찾아가니 냄새도 익숙해지고, 게임에 집중하는 D의 모습도 귀엽게 느껴졌다. 게임에는 취미가 없어 같이 하지는 못하지만, 옆에서 지켜보면서 지금 어떤 상황이냐고 자주 물었다. D는 게임에 빠져 있다가도 한두 마디 대답을 해주었다. 그렇게 우리는 조금씩 가까워졌고, D의 화상도 아물어갔다. 상처는 시간이 지나면 아문다.

모든 중독에는 이유가 있다. 중독이라는 결과 자체보다 그 사람을 중독으로 이끈 마음을 먼저 들여다봐야 하는 이유다. 그럼에도, 우리는 중독 현상만을 교정하려고 든다. 보이지 않는 상처를 치유하는 것은 해결하기 어려운, 너무나 근본적인 문제라서 그럴 것이다. 하지만 결국은 깨달을 수밖에 없다. 근본적 이유를 살피고 보듬기 전에 중독은 교정되지 않는다는 것을.

이제 나는 D가 게임에 집중하는 모습이 멋져 보인다. 때로는 그 모습이 고맙기도 하다. 자신이 즐겁게 할 수 있는 무언가를 찾았기 때문이다. 이 사실을 알게 되기까지, 나는 그의 이야기를 꾸준히 들었다. 그가 또 다른 W일지 모른다고 생각하면서.

마지막 만남일지 모른다는 생각으로 그를 만나 이야기를 경청하다 보니, 점점 더 그가 자기만의 기준으로 잘 살아갈 수 있는 방법을 고민하게 됐다. 게임은, 어쩌면 그가 자기 내면의 문제를 해결해 나가기 위해 찾은 자기만의 방편일 수도 있다. 그가 통과하고 있는 이 해결의 과정을 나는 최대한 가까운 곳에서 도우려고 한다. 그의 마음 상처든, 몸 상처든, 언제나 따뜻하게 소독해 주고 싶다.

이 모든 슬픔이
다 코로나 탓일까

요즘에는 어느 동네를 가더라도 작은 공원이 있고, 그 안에 간단한 운동기구가 설치되어 있는 것을 볼 수 있다. 주민들의 신체활동 증진을 위해 만들어진 것이다. 처음에는 '누가 저렇게 다 보이는 데서 운동하지'라고 생각했는데, 어느 순간부터 꽤 많은 사람이 그곳에서 쉬어가기도 하고 운동하기도 하고 담소를 나누기도 하는 모습을 본다. 일종의 동네 사랑방 같은 느낌이다.

그러다 정확히 언제였는지는 모르지만, 코로나 확진자가 기하급수적으로 늘어갈 때쯤 공사 현장에서나 볼 법한 긴 경고 테이프가 운동기구 전체를 감쌌다. 놀이터 근처의 마을

쉼터였던 정자 역시 긴 테이프로 둘둘 감겼다. 그곳뿐이었을까. 코로나는 사람들이 모이는 공간 대부분을 문 닫도록 만들었다.

예방의학과 지역사회의학에 관심을 둔 의사로서, 나는 감염병의 지역사회 전파뿐 아니라 마을 단위의 건강 증진, 신체활동 증진, 관계망 활성화에 대한 고민이 많다. 그렇다 보니, '감염병 예방을 위한 셧다운'이 '이웃 간의 관계 활성화를 통한 사회적인 건강 증진'이라는 이상과 공존할 수 없다는 점이 눈에 띄었다. 물론 코로나는 호흡기로 감염되는 것이어서 사람끼리 마주치지 않는 게 가장 중요한 예방법이긴 하다. 하지만 이 사태가 며칠, 몇 달이 아니라 몇 년째 이어지다 보니, 다른 관점에서 지역사회 건강이 너무나 걱정될 수밖에 없었다.

"선생님, 코로나 검사를 차 안에서 할 수 있는 곳이 있을까요?"

때때로 내가 방문해 건강관리를 돕고 있는 환자에게 연락이 왔다. 그는 희귀질환이 있는 지체장애인으로 근로지원인과 함께 직장생활을 하고 있었다. 그런데 직장이 있는 건물에서 확진자가 나와 주말 사이 코로나 검사를 받으라는 연락을 받았다는 것이다. 구민회관에 설치된 임시 선별진료소를 찾았지만 이미 문을 닫은 상태. 보건소 선별진료소에는 대기자가 너무 많아서, 휠체어를 탄 채 오랜 시간 동안 기다리기가 어려웠다.

전화를 끊자마자 보건소 선별진료 담당 선생님에게 전화를 걸어 방법이 없는지 물었다. 하지만 확진자가 폭증하면서 대기 인원이 너무 많아져 따로 검사를 해주기가 어렵다고, 너무 미안하다는 답이 돌아왔다. 선생님은 대신 월요일 오전에 오면 신경 써줄 수 있다고 했는데, 그 환자는 토요일에 꼭 검사를 받아야 하는 상황이었다. 내가 빨리 보건소로 달려가 방호복을 입고 검사를 해주고 싶은 마음이 굴뚝같았지만 그렇게 할 수도 없는 노릇이었다. 전화를 걸어 이런 사정을 설명하자, 그는 체념한 듯 말했다.

"어쩔 수 없죠. 경기도 쪽에 드라이브스루 검사소가 있다고 해서 가보려고요."

검사받으라는 문자는 일괄적으로 발송되지만, 그 문자가 모두에게 같은 무게는 아니었다. 확산세가 주춤했던 시기에는 병원 입원을 앞둔 장애인 환자에게 보건소에서 잠시 따로 검사받을 수 있도록 해주었지만, 확산세가 최고조에 이른 시기에는 작은 배려가 허용되지 않았다.

아니, 사실 이런 문제는 배려로 해결할 일이 아니다. 처한 상황에 따라 세심하게 대처 절차를 마련해야 한다. 코로나 발생 초기라면 모르겠지만, 발생 후 1년이 지난 뒤에도 이런 부분이 개선될 기미가 보이지 않는 건 단단히 문제가 있다는 뜻이다.

코로나로 인해 불편을 겪는 것을 넘어 건강과 생존을 위협받는 이들은 도처에 있다.

"선생님 잘 지내시죠? 주민들이 계속 돌아가시니까 답답해서 연락드렸어요. 어떻게 방법이 없을까 해서요."

서울의 한 쪽방 밀집지역 주민들과 함께 생활하며 자립 활동을 돕는 활동가님에게 연락이 왔다. 나는 "일단 찾아뵐게요"라고 대답했다.

지난 몇 년간 자원활동으로 한 달에 한 번씩 이 지역에 들러 건강상담도 하고 간단한 처치도 하고 상비약도 전달했었다. 혼자도 갔지만 때때로 의대생 후배나 지역활동가 들과 함께 가기도 했는데, 늘 그렇듯이 환자들의 이야기를 그들의 집에서 듣는 것이 주된 일이었다.

그렇게 이 지역활동가님과 야심 차게 계획을 세워 방문진료 체계를 잡아가던 중 쪽방촌에 화재가 났다. 주민 몇 명이 사망하면서 장례를 치르느라 활동가님은 바빠졌고, 나도 내가 사는 지역에서 방문진료를 한다고 핑계를 대며 발걸음을 못 한 지 꽤 시간이 흐른 참이었다.

통화 말미, 활동가님은 몇 달 전 나를 데리고 다니며 주민들을 소개해 주던 쪽방촌의 한 형님이 집에서 숨진 채 발견되었다는 소식을 전해주었다. 슬픔을 금할 길이 없었다. 온몸이 아프다고 엄살 부리며, 좋은 약 좀 지어달라고 농담하던 형님의 모습이 선한데…… . 혹시 내가 발길을 멈추지 않았다면 상황이 달라졌을까 후회가 됐다.

코로나로 인해 서로가 서로를 멀리하던 시기라 망설여지기도 했지만, 이럴 때일수록 그곳을 찾아가야겠다고 마음을 다잡았다. 마침 내가 속한 인의협의 사무처장님이 쪽방 주민들을 찾아가면 좋겠으니, 상황을 알아봐 달라고 했다. 나는 곧장 활동가님에게 연락해 주민들에게 무엇이 필요할지 물어보았다.

"속옷이랑 양말이요. 라면은 물렸다고들 하시니 컵밥도

좋을 것 같아요. 근데 400명분을 준비할 수 있을까요? 그보다 적게 오면 주민들이 회의해서 받는 사람 우선순위를 정해야 하거든요. 400명분이면 모두에게 넉넉하게 전달할 수 있을 텐데."

우리는 당시 너무 귀했던 방역마스크와 손세정제를 최대한 구해보기로 하고, 생필품도 마련하기로 했다. 깨끗한 속옷 한 벌도 큰 힘이 될 것 같았다. 식사도 400명분을 준비하기로 했다. 취약계층 의료지원을 위해 많은 사람이 십시일반 모아준 기금을 일부 사용하고 따로 모금도 했다.

인의협 사무국과 쪽방주민협의회 간사님이 발 빠르게 시장조사를 해서 알려준 속옷 세트와 컵밥을 구입해 예쁘게 포장까지 마쳤다. 그리고 봄기운이 완연한 어느 주말, 의사와 의대생 열 명이 모여 쪽방촌을 찾았다. 주민들의 안내를 받아 문을 두드리고 선물을 전달하며 멀찍이 서서 안부를 나눴다. 무작정 이것저것 묻지 않고 무심히 아픈 곳을 확인했다. 자연스레 여러 하소연이 들려왔다. 코로나19 때문에 중단된 공공근로가 언제 시작될지 모른다, 기다리는 시간이 너무도 가혹하다, 건설 현장 일도 끊겼다, 병원은 어떻게 가야 할지 걱정이다······.

쪽방촌 공제조합에는 코로나19 이후 돈을 빌릴 수 있느냐며 도움을 청하는 발길이 끊이지 않는다고 했다. '사회적 거리 두기'라는 추상적 구호보다 그들의 절박한 목소리, 아니 곡소리가 더 생생하게 다가오는 순간이었다.

바이러스는 이름을 바꿔서 우리를 다시 찾아올 것이다. 그때 공공병원 응급실은 지금처럼 바이러스 환자들 치료에 동원되며 폐쇄될 것이다. 그러면 공공병원을 이용하는 대다수의 취약계층은 병원에 가기 힘들어질 수밖에 없다.

언론에서는 K-방역 운운하며 바이러스에 대항하는 우리 정부의 능력을 칭찬하기도, 비판하기도 한다. 하지만 지금은 그보다 더욱 근본적인 변화가 필요한 시점이다. 쪽방 밀집 지역, 장애인시설, 요양원, 요양병원 등의 건강 약자들은 집단감염에 대한 두려움에 떨고 있다. 하지만 그에 앞서 사회적 관계망이 붕괴되고 돌봄 공백이 현실화되면서 생존 위기에 처해 있다. 이들을 외면한 채 유지되는 체제는 오래갈 수 없다. 결국 피해는 모두에게 돌아온다. 그때 이곳 쪽방촌을 다시 찾아도 이미 늦을 것이다. 이들이 지역사회에서 주민들과 호흡하며 조금이라도 편히 삶을 꾸릴 수는 없을지 모두의 고민이 필요한 이유다.

　쪽방촌에서 걱정만 늘어 돌아간 것은 아니었다. 조금이라도 도움을 드리고 싶어 찾은 것이었는데, 공제조합을 만들어 소액대출을 하고 장례를 함께 치르고 점심 식사를 나누는 등 주민들이 자조활동에 힘쓰는 모습을 보면서 오히려 많은 것을 배우고 느꼈다. 무엇보다, 큰 힘을 얻었다.

　우리는 함께 살아갈 뿐이다. 바이러스 때문에 필연적으로 격리 상황을 겪고 거리 두기를 실천해야 하더라도, 누구도 홀로 외롭게 격리되는 일이 없도록 살펴야 한다고, 그들은 온몸으로 말해주고 있었다.

무심한 건강의
조건

"오, 선생님 안녕하세요."

"반가워요 선생님, 저 아시죠?"

돌봄요양센터로부터 요청을 받고 방문한 집에서 요양보호사님께서 나를 반갑게 맞이해 주신다. 이 센터는 우리 지역의 자랑으로, 2020년 국무총리상을 받기도 했다. 돌봄노동자들이 조합원이자 주인으로 있는, '당신 곁의 돌봄'을 실천하는 특별한 요양기관이다.

나는 지역활동을 하며 이 센터 사람들과 친분이 생겨 돌봄노동자 운동회 진행과 사회를 맡았던 적이 있다. 재능은 없지만 뜻깊은 자리여서 마다하지 않고 참여했다. 운동회날에는 바쁜 돌봄노동 중에도 100여 명이 초등학교 체육관에 모여 모처럼 신나게 운동하고 춤을 추며 어울렸다. 개중에는 이미 가정방문을 하면서 만났던 이들도 보였다. 제법 진행이 괜찮았나 보다. 운동회 이후 나는 돌봄센터를 포함한 자활기업 전체 야유회에도 초청을 받았는데, 그때는 행사를 진행하며 재롱도 더했다. 이런 깊은(!) 인연 덕분인지, 몇 개월이 흘렀어도 문에 들어서자마자 요양보호사님이 나를 바로 알아봐 주었다.

요양보호사님이 소개해 준 50대 A는 3개월 전, 병원과 시설을 오가다 다시 집으로 돌아온 상황이었다. 내가 도착했을 때에는 갑자기 불안 증상이 생겨 힘겨워하고 있었다. 나는 차분히 A의 마음을 진정시키고 그와 대화를 시도했다. 오래전 정신질환으로 인해 가족들로부터 외면받았다는 그는 요양보호사님이 떠난 오후 시간과 주말이 되면 혼자서 긴 시간을 보내야 했다.

A의 가족들에게 전화를 걸어 대화를 시도해 봤지만, 날선 말만 돌아올 뿐이었다.

"계속 우리를 귀찮게 하면 다시 병원에 입원시킬 겁니다."

아예 우리 전화를 받지 않는 가족도 있었다. 통화하는 것마저 지친 것일까.

A는 가까운 약국에 나가 자양강장제를 한 병 마시고 몇 없는 주변의 이웃을 잠깐 만나는 것 외에, 할 수 있는 일이 거의 없었다. 나이가 50대 중반에 접어든 후 무릎 통증이 심해져 계단을 내려가는 일도 불안한 몸이 됐다. 넘어질 위험이 커진 것이다. 매일 마신다는 자양강장제의 양이 너무 많은 것도 걸리는 부분이었다.

"걱정하지 마시고, 지금처럼 약 잘 챙겨 먹으면 아무 문제 없을 거예요. 종종 들를 테니 같이 이야기 나눠요."

"네, 선생님. 괜찮겠죠? 많이 걸으면 되죠?"

A는 다행히 조금씩 자신의 이야기를 들려주었고, 우리는 대화를 나누며 함께 집 안에서 운동을 시도할 수 있었다.

A에게 처방된 향정신 약물과 진통제는 더할 나위 없이 완벽하다. 하지만 이것이 그의 건강을 완벽히 돌봐주지 않음은 명백하다. 그를 외면하는 가족들도 이해가 안 되는 것은 아니다. 돌봄의 의무가 온전히 가족에게만 맡겨져 있는 상황에서, 정신질환을 가진 가족과 함께 살아가는 것이 녹록지는 않았을 것이다. 그래도 다행인 건 A를 진심으로 돌보는 요양보호사님이 있다는 사실이다. 나 역시 의사로서 해줄 수 있

는 일은 많지 않지만, 때때로 들러 안부 묻는 이웃은 되어보자고 생각했다.

H는 왜소증을 앓고 있다. 8형제 중 막내인데 자신만 이런 몸 상태라고 했다. 15년 전 사별한 아내와는 결혼할 때 혹시 자신과 같은 증상을 가진 아이가 태어날까 봐 자녀는 갖지 않기로 했단다.

70대가 다가오니 여기저기 몸이 쑤신다는 H에게 통증약을 건네며 조금이라도 호전이 있기를 바랐다. 그는 코로나로 인한 칩거생활과 오랜 독거생활로 몸뿐 아니라 마음도 지쳐 보였다. 몇 가지 약을 처방해 주었는데 약을 먹고 좋아졌다며 고맙다고는 했지만, 실은 약이 얼마나 도움이 됐을지 확신이 없었다. 워낙 심성이 착해서 내 덕이라고 해주는 것 같다. 그저 고마운 마음이다.

"코로나 전에는 장애인 단체에서 여행도 같이 다녔어요. 그게 삶의 낙이었죠. 사람들 만나고 모임도 하고 그랬는데, 지금은 하나도 못 하니 답답해요. 몸이 약해지는 것 같아 힘들어요."

그의 삶을 지켜주었던 사교모임, 신앙생활이 코로나로 인해 중단되면서 그는 실제로 몸이 많이 쇠약해진 상태였다. 다행인 건 코로나가 막 시작되던 시기에 인연을 맺은 활동지원사님이 때때로 운동을 도와준다는 것이었다.

"다른 사람한테 덜 기대고 싶어서 근력운동을 조금씩 하고 있어요. 지원사님이 많이 도와주시죠. 얼마 전에는 오랜만에 만난 조카가 힘이 늘었다고 하대요."

H는 무척 뿌듯해하는 모습이었다.

"지원사님이 시간 내서 제 근력운동 도와주시는 거, 그게 저에겐 보약이에요."

듣기 좋은 말이었다. 사회적 거리 두기 속에서 외출조차 쉽지 않은 이들에게는 지원사님의 도움이 건강을 지키는 보약, 아니 명약이 아닐 수 없었다.

서로가 서로를 외면하지 않고 돌볼 때 우리는 아파도 살아갈 수 있을 것이다.

A와 H, 나아가 질병과 차별 속에서
고통받는 이들에게, 여러 이웃이
'무심한 건강의 조건'이 되어주기를.

이들을 살뜰하게 돌보지 못하는 제도를 탓하고 욕하기 전에, 그냥 넘어져 있는 아이에게 손 한 번 내미는 듯한 자연스러움으로 한 번만 돌아봐주었으면 좋겠다. 이들을 진정으로 돌보는 요양보호사님과 활동지원사님, 가끔씩 들러 안부를 묻는 나 같은 의료인, 정화조 값을 받으러 오는 이웃, 이따금 약국에서 만나는 사람들. 그리고 우리 모두가 말이다.

치료할 수 없는 병을 안고
사는 이들에게

　의학이 아무리 발전했어도 여전히 완치될 수 없는 병은 많다. 그런 병을 기약 없이 앓으며 획기적인 치료제를 기다리는 고통은 당사자가 아니면 알기 어렵다. 심지어 가족과도 나누기 힘든, 오롯이 환자 본인의 몫이다. 그런 환자를 계속해서 지치지 않고 지켜보아야 하는 건 의료진의 몫일 테다. 온갖 회의감과 무력감이 찾아와도 스스로를 잘 다스려야 한다. 가끔은 그런 생각도 든다. 굴러 떨어질 줄 알면서도 끊임없이 산꼭대기로 바위를 밀어 올려야 했던 시시포스가 나와 같은 마음이었을까.

　F는 콜센터에서 20년 동안 일했다. 대학에서 연출을 전공

했는데, 아르바이트로 했던 콜센터 일이 지금껏 이어졌다. 그사이 결혼하고 아이가 태어났다. 행복한 삶을 꿈꿀 때쯤 갑자기 몸에 이상이 생겼다. 특별한 원인 없이 몸에 힘이 점점 빠져 걷지 못하게 된 것. 결국 근육이 약해진 탓에 팔다리를 마음대로 움직일 수 없게 되어 휠체어에서 생활하게 되었다. 처음에는 정확한 진단명을 찾지 못해 애를 먹다가 한참후에야 유전자 검사를 통해 자신의 질병이 희귀난치성질환인 근이영양증의 한 종류임을 알게 되었다.

"대학병원에 가봤자 큰 도움이 안 돼요. 진단명을 말해줘도 제가 알 수도 없고, 희망도 없어요. 검사비만 매번 몇십만 원씩 내요. 유전자 치료는 비싸서 시도해 볼 엄두도 안 나고요. 지난번에는 처음 보는 의사 선생님이 절 보시더니 'F 씨 정도면 괜찮네요' 이렇게 말씀하시는데 황당하더라고요. 제가 겉보기에는 조금 괜찮아 보이긴 하는데 얼마나 고생하는지도 모르고. 그렇게 말해도 돼요?"

나는 '그 의사 선생님도 자기 방식대로 위로의 말을 하려고 했을 거예요'라고 속으로만 중얼거리고, 겉으로는 속마음을 내뱉지 않았다.

실제로 그 대학병원 의사가 진료한 수많은 환자 중 F는 비교적 경증이었을지도 모른다. 하지만 F는 때때로 지옥을 경험한다. 콜센터 일은 전화로 대화하는 것이라 할 만한데 한 달에 두세 차례 화장실에 제때 가지 못해 사무실 자리에서 실수를 하면 자존감이 뚝뚝 떨어진다고 했다. 근육이 무뎌져 스스로 배변 욕구를 느끼지 못하거나 급한 상황에서 재빨리 화장실에 갈 수 없다 보니 실수를 하게 되는 것이다. 동료의 도움으로 화장실에 가긴 갔는데 곧 데리러 오겠다던 동료가 바빠서 한참을 오지 못할 때, 홀로 화장실에서 느끼는 자괴감은 또 얼마나 큰지.

"예전에는 친한 동료들이 도와줬는데, 지금은 사람이 많이 바뀌어서 눈치가 보여요. 각자 해야 할 일이 있으니까 나를 도와주다 보면 그만큼 일을 못 하는 거잖아요. 직장생활을 언제까지 할 수 있을지 모르겠어요. 일은 할 만한데 하청으로 운영되는 거라 보직 이동이나 인원 감축이 언제 될지 몰라서요."

일도 일이지만 요즘 F의 가장 큰 걱정은 자녀가 자신과 같은 질환을 앓지 않을까 하는 것이다. 그는 대학병원에서는 검사를 해보자고 하는데 배우자와 상의해 급하게 검사하지 않기로 했다고 말해주었다. 나 역시 발병 확률이 높은 것은 아니니 천천히 생각해 보면 좋겠다고 했다. 덧붙여, 할 수 있는 한 오래 직장생활을 했으면 좋겠다고도.

나는 F의 불안이 이해된다. 언제까지 직장을 다닐 수 있을지, 자녀에게 질환이 있을지, 본인의 질환을 치료할 수 있을지, 알 수 있는 것이 아무것도 없지 않은가. 간단한 약을 처방해 주는 것이 내가 할 수 있는 일의 전부라 죄송할 뿐이다. 작은 도움으로 삶을 견뎌내려는 그 마음에 조금이라도 힘을 보탤 수 있다면 좋을 텐데.

다만, F가 희미하게 웃으며 건넸던 말 한마디에서 나는 약간의 희망을 발견한다.

"선생님한테서 저처럼 근이영양증 앓는 다른 분들의 존재를 알게 된 게 신선한 자극이 됐어요. 제 주변에는 그런 분들이 없으니까, 왜 나에게만 이런 일이 일어났나 내가 무슨 죄를 지었기에 벌을 받나 생각했었거든요. 저랑 비슷한 고통을 받는 사람들이 있다는 걸 알게 되니까 조금은 위로가 되네요."

그러고 나서부터 F는 갑작스레 들이닥친 자신의 불행을 나름대로 해석하며 삶의 근원적인 의미를 고민하기 시작했다. 이런 단계는 치료할 수 없는 질병을 안고 평생 살아가야 하는 분들에게 숙명처럼 찾아오는 모양이다. 이 과정을 거쳐, 깊은 명상에 몰입해서 초월적 세계를 엿보는 사람도 있고 인권 강사로 활동하며 학생들을 만나 자기 삶의 경험을 전하는 사람도 있다. 삶을 대하는 그들의 태도를 보고 있자면 참 배우는 것이 많다.

나는 F의 희귀질환을 치료할 수 없다. 내가 처방하는 약들이 그의 상태를 더 나아지게 할 수 있을지도 완전히 확신할 수 없다. 다만 내가 할 수 있는 건 그저 오랫동안 F의 곁에 머무는 일이다. 언젠가 직장을 그만두고 나면 옛 전공을 살려 글을 써보겠다는 F를 끊임없이 격려하면서 듣는 존재가 되어주는 것이다.

일하다 보면 환자 상태가 좋아지는 경우보다 악화되는 경우를 더 많이 만나게 되는데, 조금이라도 긍정적인 이야기를 들으면 나도 모르게 없던 힘이 솟아난다. 그러고 보면 나와 만나는 이들과 내가 참 상호보완적인 존재들이란 생각이 든다. 서로 울고 웃으며 우리가 희미하게나마 연결되었다는 느낌이 들 때쯤, 그저 몇 번의 전화 통화만 했는데도 환자의 몸이 좋아지는 기적이 일어나기도 한다. 분명 길이 보이지 않앉는데 차분히 소통해 나가다 보니 어느새 이만큼 전진해 있는 우리의 모습을 보게 되기도 한다.

하지만, 슬프게도 내가 만나는 환자들 대부분은 지병이 완치된다거나 현재의 상태가 완전히 좋아지기는 어려운 이들이다. 적당한 치료제가 없어 그저 상태를 완화하는 수준의 대증적 요법을 써야 하는 경우도 부지기수다. 이들의 고통을 공감하고 위로하는 것 또한 내 일이다. 하지만 나는 거기서 조금만 더 나아갔으면 한다. 자신을 완전히 치료해 줄 약이 개발될 때까지 기다린다고 생각하지 말고, 지금의 시간을 좀 더 즐겁게 채워 나갔으면 하고 바란다.

치료하지 못하는 순간에도 우리는 절망하지 않을 수 있다. 나는 F에게 본인과 같은 병이 자녀에게 생길 것을 걱정하기보다는 주어진 시간 속에서 자신과 자녀가 함께 성장해 나가는 법을 고민해 보자고 조심스럽게 이야기한다. 그러다 보면 좀 더 풍성한 삶의 환희를 느끼며 살 수 있지 않겠느냐고.

누군가는 이런 이야기가 이상주의자의 배부른 소리라고 할지도 모른다. 하지만 이건 극한 상황 속에서도 자기만의 '품'을 만들어내는 환자들이 내게 가르쳐준 사실이다. 그들과 함께하고, 기쁨과 아픔을 공유하면서 나 또한 배운다. 어

치료하지 못하는 순간에도

우리는 절망하지 않을 수 있다.

쩌면 환자와 나, 그러니까 우리는 '건강'이라는 비밀을 함께 알아가는 동료가 아닐까.

이런 생각도 해본다. 그 동료들과 함께 더 성장하고 싶다고. 여전히 실수 연발이지만 서로 믿고 의지하면서 계속 같이 나아가다 보면 점점 더 건강의 비밀에 가까워지지 않을까 조용히 기대하면서.

마지막 길을
함께 걷는 마음

　가정방문을 하는 의사로서 내게 가장 어려운 순간 중 하나는 삶의 끝자락을 마주하게 될 때다. 자주 보지만, 자주 힘들다.

　생명이 다해 가는 환자 앞에서 나는 빠르게 판단을 해야 한다. 대학병원에서도, 종합병원에서도, 요양병원에서도, 암 전문병원에서도 치료가 어렵다고 한 환자를 내가 멀끔히 고쳐낼 방도란 없다. 그저 응급실에 가보라고 하거나 입원 치료를 권해보거나 하는 정도. 어디에도 정답은 없다. 아니, 오답조차 보이지 않을 때도 있다. 그래도 환자가 객관적으로 어떤 상태인지, 보호자는 어떤 마음인지, 그동안 어려움은 없었는지, 앞으로의 계획은 있는지 등을 보호자와 이야기해보면서 주위를 돌아보고 서로를 살펴보면 마침내 보이지 않던 길이 보이기도 한다.

R의 경우가 꼭 그랬다. 무척 어려운 상황이었다. 70대 후반의 R은 와상 상태였는데, 오래 진행된 파킨슨 질환으로 거동이 어려웠고, 음식을 잘 삼키지 못해 2년여 전부터 위장관으로 식사를 직접 제공하는 위루관을 복부에 삽입, 영양을 공급받고 있었다. 그렇게 집에서 지내던 중 갑자기 호흡곤란 증상이 찾아왔다. 가족들은 119에 전화를 걸어 R을 응급실로 데려갔다.

응급실에서는 시급히 기관 삽관을 하고 중환자실로 옮겨야 한다고 했다. 가족들은 선뜻 결정을 내리지 못했다. 중환자실에 입원하는 순간 면회가 어려워지므로 혹시라도 상황이 급격히 나빠지면 임종 뒤에나 R을 만날 수 있을지도 모르는 일이었다.

가족들은 투병기간을 떠올리며 더는 R을 고생시키지 않기로 마음먹었다. 그들은 "집으로 가면 죽어요"라는 의료진의 만류를 뒤로한 채 어렵사리 R을 모시고 집으로 돌아왔다.

그런데 집에 돌아오니 놀랍게도 R의 상태가 다소 호전되었다. 사나흘 지나고 나서는 응급실 가기 전만큼은 아니지만 호흡도 안정되고 컨디션도 나아졌다. 가족들이 나에게 연락을 준 것은 이때쯤이었다.

처음 만난 R을 이리저리 살폈다. 대화도 나눠보려 했지만 아무런 반응이 없었다. 호흡, 맥박이 불안정하고 산소포화도도 낮아 객관적으로 '임종을 앞두었다'고 볼 수 있는 상황이었다. 상태를 살핀 후 가족들에게 그간의 경과에 대해 들었다. 치료되지 않는 파킨슨 질환에다가 폐렴과 욕창까지 더해져 입·퇴원을 반복했던 이야기, 결국 위루관을 삽입하여 식사를 대체하기까지 대략 5~6년간 치열하게 투병해 온 이야기를 듣고 보니, 응급실에서 집으로 돌아오기로 한 결정이 충분히 이해가 됐다.

몇 년 전에도 R이 고생하는 모습을 보며 가족들은 위루관을 통한 연명치료를 이어가는 것이 맞을까 고민했었다고 한다. 그리고 나서 이번에는 중환자실에 들어가 기관절개를 하고 기관호흡까지 하게 하려니 너무나 주저되었다면서, 그동안 고생이 심했던 R이 임종하더라도 집에서 편안히 모시고 싶다고 했다.

결정은 내렸지만, 가족들은 여전히 R을 제대로 잘 모시고 있는 건지 고민이 많았다. 나는 이들의 쉽지 않은 결정에 힘을 보태주고 싶었다.

"잘하신 결정이에요. 집에서 가족들과 지낼 수 있는 시간을 확보하셨잖아요. 하루가 될지 일주일이 될지 한 달이 될지 모르지만, 이별을 앞두고 그간 서로의 마음을 나누시면 좋겠어요. 마지막을 함께하는 기회이니까요."

가족들은 내 이야기를 들으며 연신 고개를 끄덕였다.

"지난 주말에 응급실을 찾으셨던 때처럼 분명히 응급상황이 다시 올 거예요. 지금은 안정적이지만 갑작스럽게 상태가 변할 수 있어요. 마음의 준비를 단단히 하셔야 해요. 위급한 상황이 생기면 언제든 연락 주시고요."

"진료 와주셔서 감사합니다. 어떻게 돌볼지 걱정이었는데 선생님 말씀 들으니까 조금 안심도 되고 위로도 됐어요. 다음 진료 때 뵙겠습니다."

임종을 앞둔 환자가 약은커녕 물도 마시지 못하는 상황에서 아무것도 할 수 있는 게 없다는 판단이 들 때 의사로서 잦은 무력감을 느끼곤 했다. 그러나 R을 어떻게 모셔야 할지 상의하며 더듬더듬 방향을 찾아가던 과정 자체가, R의 가족에게 위로가 되었다는 이야기를 듣고 나서부터는 그 무력감이 조금쯤 작아진 것 같았다. 사람을 살릴 수도, 병을 치료할 수도 없는 순간이 오더라도 누군가에게 약간의 위로를 건넬 수 있다면 의사로서 최소한의 역할은 한 게 아닐까 싶어서.

나는 꾸준히 방문해 영양 공급을 조절하면서 R을 어떻게 돌볼지 가족들과 계속 상의해 나갔다. 시간이 흐르니 R은 조금씩 안정을 되찾았다. 물론 위급한 상황이 왔을 때 내가 어떤 의료적 처치를 할 수 있을지는 여전히 확신이 없었지만, 최소한 그런 일이 있기 전까지는 약물 조절을 통해 응급상황을 예방하고 가족들이 조금이라도 더 함께할 수 있도록 도울 수 있을 거라 생각했다.

R은 몇 달간 안정적으로 지내다가 집에서 임종을 맞았다. 나는 밤 11시 20분 R의 집을 찾아 가족들과 마지막 인사를 나눈 후 R의 사망을 선언했다. 다음 날, 장례식장을 찾아가 조문하고 위로의 말을 전했는데, 가족들이 그동안 감사했다고 이야기해 주는 것을 듣고 울컥한 마음을 감출 수 없었다. 가족들과 합심해 R을 정성껏 돌본, 짧다면 짧은 그 몇 달의 시간은 마지막 길을 가는 이들을 어떤 마음으로 대하고 돌보아야 할지 내게 많은 힌트를 주었다.

하루가 1년 같다고 느낄 때가 있다. 함께 오래 살았던 누군가가 임종을 앞둔 시점이 바로 그런 때다. 가끔씩 이 시간이 얼마나 소중한가 생각한다. 삶의 끝을 향해 가는 과정에서 서로가 서로에게 갖는 존재의 의미를 상기해 보는 것은 삶의 마지막을 앞둔 이가 지나온 생을 정리하는 데도, 남겨진 이가 사랑하는 누군가를 잃고서 남은 생을 살아가는 데도 적지 않은 힘을 준다. 그렇기에 이 짧은 시간이 우리가 반드시 확보해야 할 시간이다.

요즘에도 나는 임종을 앞두었다고 할 수밖에 없는 환자와 여러 회한이 스치는 듯한 보호자를 자주 마주한다. 물론 언제가 마지막일지는 누구도 알 수 없지만 말이다. 보호자가 마음을 잘 정리하고 최선의 결정을 내릴 수 있도록 나는 환자의 상태를 가능하면 객관적으로 설명한다. 그런 다음 치료 불가능하다는 말이 결코 '절망'이나 '포기'는 아니라는 점을 조심스레 말씀드린다.

응급실에 갈지, 집에서 계속 모실지 결정하는 것이 쉬운 일은 아니다. 다만 내가 할 수 있는 이야기를 전하고, 환자와 보호자의 이야기를 듣고, 그들의 결정을 존중하고, 그 결정에 맞추어 앞으로의 계획을 설정하는 그 모든 과정을 충분

히 거치려고 노력한다. 그리고 집으로 돌아온 후에는 언제라
도 비상 전화를 받을 수 있도록 벨소리를 최대로 설정하고 잠
이 든다. 가는 이가 남은 이들에게 남겨 주는 마지막 선물을
가족들이 차분히 열어볼 수 있도록 끝까지 돕겠다고 다짐하
면서.

3
장

계속 망설이며,
그렇게 한 걸음씩

—

"어떻게 요양원에서 다시 집으로 오셨어요?"

"죽어도 여기서 죽어야겠어요.

 이제 선생님만 붙잡고 가야죠."

—

조건 없는 미소를
주고받으며

2012년부터 본격적으로 지역활동을 시작하고, 시간이 흘러 2018년이 되었다. 그 전까지 지쳤다는 말을 해본 적 없었고 계속 하지 않을 줄 알았는데, 어느 날 문득 내 몸과 마음이 많이 지쳤음을 깨달았다. 욕심을 부려 능력에 부치는 일들을 연속으로 벌이다 보니 조금씩 피로가 쌓인 것 같았다. 나는 동료들에게 양해를 구하고, 맡은 일을 하나둘 줄여나갔다.

대학 시절, 틈나는 대로 도서관을 찾아가 책을 읽고 영화를 보며 공상했던 경험을 떠올렸다. 그런 시간들이 내면을 채워주었음을 기억하고, 다시 영화와 책을 찾았다. 그러나 이것만으로는 부족하다는 느낌이 떠나지 않았다. 해가 바뀌기 전에 잠시라도 여행을 떠나고 싶은 마음이 간절했다. 유럽에 가서 현장을 확인하고 지역활동을 잘 하고 있는 곳들을 찾아보고 싶었다. 인도에 가서 요가를 하거나 정처 없이 쏘다니고 싶기도 했다. 고민 끝에, 라오스에 가기로 했다. 왠지 라오스에 가고 싶었다.

의사 국가고시에 합격하고 의대 졸업을 앞둔 시점, 나는 미얀마와 태국의 국경 도시 매솟에 위치한 미얀마 난민촌을 둘러보러 갔던 적이 있다. 공중보건의 입대를 앞두고 잠시 시간 여유가 있던 터라, 일주일간 현지 답사를 하고 열흘간 홀로 태국 치앙마이를 거쳐 라오스 루앙프라방까지 여행을 했던 것이다.

치앙마이에서 1박 2일 동안 슬로보트를 타고 루앙프라방까지 갔다. 아주 먼 거리가 아니라 굳이 1박 2일에 걸쳐 갈 이유가 없었지만, 천천히 강을 따라 가는 길이 호젓하니 좋았다고 기억한다. 루앙프라방에서 별로 한 일은 없었다. 그저 게스트하우스에서 만난 스페인 친구와 아침에 요가를 하고, 자전거를 빌려 마을을 누비고, 바게트 샌드위치로 요기를 하고, 야시장을 어슬렁거리며 작고 예쁜 장신구들을 흥정하며 사고, 다시 게스트하우스에서 여행자들과 술을 마시며 하루를 정리하고. 그렇게 특별히 하는 일 없이 자유롭게 지내고 나니, 알 수 없는 무언가로 마음속이 가득해졌다. 그것은 무엇이었을까.

2018년 다시 라오스를 향하며 이번에는 지난번에 가지 못했던 수도 비엔티안과 방비엥에 가보기로 했다.

비엔티안 와타이공항에 도착한 것은 밤이었다. 숙소에 짐을 풀고 밖으로 나와 인적 드문 비엔티안을 걸으며, 내가 라오스에 다시 왔음을 홀로 즐겼다. 다음 날 아침, 버스를 타고 방비엥으로 이동했다. 그룹 액티비티 프로그램에 참여하는 일반적인 여행 코스를 따르는 대신, 어떻게 하면 나만의 방식으로 방비엥을 즐길지 곰곰 따져보았다.

'전에 루앙프라방에서 그랬던 것처럼 자전거를 타고 돌아다녀야지. 그리고 아무것도 하지 말고 걸어야지.'

그렇게 마음먹고 게스트하우스에서 만난 호주 친구와 자전거를 빌려 방비엥에서 유일하게 가보고 싶었던 블루라군으로 향했다. 자전거를 타고 한국어 간판이 즐비한 시골 읍내를 지나고 나니, 제법 라오스다운 자연을 맛볼 수 있었다. 무언가 불편했던 마음이 잠시 자전거를 타는 것만으로 누그러졌다. 자전거를 타고 가며 등교하는 학생들에게 "싸바이디!"(라오스 말로 "안녕하세요!"라는 뜻) 하고 외쳤더니, 학생들도 수줍은 미소로 "싸바이디!" 하고 화답해 주었다.

연신 "싸바이디!"를 외치며 자전거를 타다가 문득 내가 왜 라오스에 다시 오고 싶었는지 어렴풋이 알 수 있었다. 낯선 이의 인사에 웃으며 화답하는 것은 어찌 보면 쉽지만, 달리 보면 어려운 일이다. 웃으며 인사를 주고받을 이유가 없기 때문이다. 내가 왜 지쳤다고 느꼈는지 곱씹어보니 꽤 오랜 기간 동안 이런 조건 없는 미소를 보지 못해서라는 결론에 도달했다.

그동안 지역활동을 하며 좋은 사람들을 만나 사회적 우정을 쌓으며 새로운 일들을 벌였다. 때론 실패하기도 했지만 그 과정에서 뜨거운 감정도 느꼈다. 하지만 시간이 흐를수록 무언가 거래를 위해 악수하고 인사하는 관계가 늘어났다. 그 중에는 자기 이익만 챙기려는 사람들이 있었고, 그들을 보며 마음을 열기가 어려워졌다. 나 역시도 나를 지키는 일이 우선이었다. 그래서 먼저 웃으며 인사하기보다는 속으로 이 관계를 통해 어떤 것을 얻을 수 있을지, 나에게 손해가 있지는 않을지를 생각하게 되었다.

한때 동네의원에서 파트타임으로 진료를 하며, 소아 환자를 많이 만났던 적이 있다. 워낙 아이들을 좋아하기도 해서, 아이들의 아픈 곳을 확인하고 귀, 코, 목을 꼼꼼히 체크하고 청진하며 무척 뿌듯함을 느꼈다. 아이들의 순진한 미소를 보면 나도 모르게 웃음이 나왔고 마음이 녹았다. 물론 많은 아이가 주사 놓으려는 나를 보고 울긴 했지만.

그곳에서 일하며 답답했던 것은, 아픈 아이를 매개로 형성된 그 아이의 부모와 의사인 나와의 관계였다. 왜 아이가 낫지 않느냐며 나에게 핀잔을 주기도 하고, 내가 보기에는 괜찮은데도 아이가 아프니 약을 내놓으라고 하는 부모도 있었다. 아픈 아이에 대한 부모의 걱정은 충분히 이해가 됐으나, 치료와 이른바 '정상 건강상태'에 대한 서로의 의견 차이를 확인할 때는 좀 더 깊이 대화하며 오해를 풀어보고 싶기도 했다. 하지만 진료 여건상 긴 대화를 나눌 시간은 허락되지 않았다. 만약 그때 우리에게 충분한 시간이 주어졌더라면, 그래서 좀 더 의견을 나눌 수 있었다면 어땠을까. 아직도 아쉬움이 남는다.

개중에는 물약 하나라도 쥐여주지 않으면 아이가 치료받

았다고 생각지 않는 부모도 있었다. 그래도 나는 과하지 않게 꼭 필요한 약만 처방하려고 노력했다. 간혹 치료방침과 먹어야 할 약을 미리 정해서 찾아오는 부모도 있었는데, 내게는 그들의 주장에 반대할 권한도 명분도 없었다. 아직 말하지 못하는 아이의 미소를 보는 것도 좋았고 말문이 열린 아이와 바보 같은 대화를 나누는 것도 좋았지만, 늘 조금이라도 약 용량을 틀리지 않기 위해, 부모에게 혹여 말실수를 하지 않기 위해 긴장한 상태로 계속 신경을 쓰는 것이 과연 올바른 일일까 회의감이 들었다.

물론 일말의 실수도 허락되어서는 안 되는 진료이기에, 부모도 의료인도 긴장해야 하는 것은 맞다. 하지만 불신과 의심의 눈초리로 서로를 바라보다 보면 오히려 중요한 걸 놓칠 수도 있지 않을까.

소아 진료뿐만이 아니다. 모든 진료는 어느 때부터인가 거래 관계가 된 듯한 느낌이다. 상품으로서의 건강, 거래 현장으로서의 진료실. 이것이 맞을까. 환자와 보호자, 의사가 인간적인 관계를 쌓아갈 수는 없을까. 환자는 충분히 진료받고, 의료인은 보람을 느끼고, 서로가 서로에게 고마워할 수는 없는 걸까. 현재와 같은 관계 속에서 우리가 정말 건강을 찾을 수 있을지, 나는 의문을 떨칠 수가 없다. 여전히 뾰족한 답은 없지만, 이런 관계를 바꾸어가는 것이 내 숙제라고 느낀다.

"내가 이 미소를 보기 위해서 이곳에 왔구나."
라오스 아이들의 미소를 보며, 나는 이렇게 외쳤다. 우리나라로 돌아가서도 이 미소를 잊지 말아야지. 환자에게 말실수를 하지 않으려 전전긍긍하는 의사보다는 조건 없는 호의와 미소를 건넬 수 있는 그런 의사가 되어야지.

주름이 깊어지더라도 아픈 아이들에게
최대한 얼굴을 구겨가며
활짝 웃을 수 있는 의사가 되고 싶다.

라오스 아이들과 인사와 미소를 주고받다 보니, 어느새 복잡했던 생각이 단정하게 정리되는 기분이었다. 그러면서 조금 더 여유롭게 주변을 둘러볼 수 있었다.
그날 밤 나는 함께 자전거를 타고 블루라군에 다녀왔던 친구가 피곤하다며 일찍 자는 바람에, 함께 술을 마실 동료가 없었다. 하는 수 없이 혼자 클럽에 갔다. 거기서 내가 묵는 게스트하우스 근처에서 일하고 있는 베트남 친구들을 우연히 만났다. 우리는 같이 놀았다. 그저 오며 가며 눈인사 정도 나눈 사이였지만 자연스럽게 그들 옆으로 가서 맥주를 얻어 마시고 함께 춤을 추었다.

역시 호의를 주고받으며 살면 안 되는 게 없었다. 분명 나는 혼자 비행기를 타고 왔는데, 그 순간만큼은 클럽의 모두가 내 친한 친구였다.

홍 선생,
너무 외로워

우리가 쏟을 수 있는 관심의 양은 한정돼 있다. 아무리 내가 능력이 있고 관심사가 다양해도 실제로 내가 쏟는 관심의 총량에는 한계가 있다. 개인 관심의 합이 사회 전체 관심의 합이라고 한다면, 사회 전체 관심의 합에도 어느 정도 한계가 있을 것이다.

그래서인지 관심을 빼앗기 위한 전쟁이 활발하다. 관심을 기반으로 한 유행의 변화는 날이 갈수록 상상을 초월한다. 음원 차트만 봐도 알 수 있다. 예전에는 한 곡이 몇 주씩 1위를 차지하는 경우가 흔했지만, 요새는 그런 경우가 무척 드물다. 이 아이돌 그룹의 노래가 1위를 했다고 들은 것 같은데, 불과 하루 만에 그 자리가 다른 곡의 차지가 되는 일이 흔하다. 과거와 비교해 변화의 속도가 너무나 빨라졌고, 계속 더 빨라지고 있다.

개인 역시 다른 사람의 관심을 얻기 위해 고군분투한다. 기업은 관심을 끌어들여 이익을 창출하느라 여념이 없다. 소셜네트워크서비스SNS는 그런 관심 전쟁의 치열한 현장인데, 종종 그것을 들여다보고 있으면 정말 어디에 관심을 두어야 할지 난감해지곤 한다.

심각한 것은 관심이 어디론가 몰리면 필연적으로 관심 가지 않는 곳이 생긴다는 사실이다. 만약 더 많은 관심이 필요한 사회 문제나 사람들이 있는데 그곳에 관심이 가지 않는다면, 문제는 점점 악화될 수밖에 없다. 심지어 그로 인해 목숨을 잃는 사람들이 생겨나기도 한다. 관심은 그렇게나 중요하다.

2018년 11월 9일 종로의 한 고시원에서 화재 사고가 일어나 일곱 명이 세상을 떠났다. 스프링클러가 없어 화재 규모가 순식간에 커진 안타까운 사고였다. 고시원의 열악한 주거환경은 이미 그 전부터 문제였을 것이다. 하지만 그것은 사람들의 관심 밖에 놓인 문제였다. 불행한 사고가 터지기 전까지는.

더 허탈한 것은 그 화재 뉴스를 보고 "아직도 저런 곳이 있어?"라고 말하는 이들이 너무나 많았다는 사실이다. 그런 환경의 주거지도, 그곳에 사는 사람도 여전히 많은 게 현실이지만, 우리의 관심은 그런 곳을 향하지 않기에 낯설 수밖에 없었을 것이다.

그 뉴스를 보며 얼마 전 받았던 한 통의 전화가 떠올랐다. 사람들의 관심에서 멀어진 채 살아가는, 누군가에게는 '투명인간'으로 비칠지 모를 한 사람에게서 걸려온 전화였다.

"여보세요. 홍 선생님. 저 S입니다. 술을 너무 많이 마셔서 집에 못 가겠어요. 좀 도와주세요."

"네? 어디세요?"

"△△역 근처예요."

"지금 갈게요. 도착할 때쯤 전화 다시 드릴 테니까 꼭 받아주세요. 정확히 어딘지 알려주셔야죠."

"알겠어요."

일요일 아침 울린 전화가 단잠을 깨웠다. 고혈압과 속쓰림 증상으로 가끔 우리 병원을 찾는 S. 혼자 사는 70대의 S는 만난 지 얼마 되지는 않았지만 속 깊은 이야기를 종종 나누는 사이라서 항상 마음이 쓰이는 환자였다. 그는 자신이 술을 너무 좋아한다며 "한번 술을 마시면 정신 못 차릴 정도로 마시는 것이 문제"라고 했다.

"그래도 선생님하고 만나면서 술을 절제하고 있어요."

"네, 조금씩만 드셔야죠."

이것이 끊임없이 반복되는 우리의 대화였다.

S는 긴 노숙과 투병 생활을 하며 정처 없이 살아왔지만, 그래도 요즘은 복지관에서 노인 공공일자리에 참여하고 동네 여러 문화행사를 찾아다니며 재미있게 생활하고 있다고 했다. 뿐만 아니라 가끔 친구가 하는 주말농장에도 찾아가 놀다 온다고 웃으며 말했다. 홀로 고립된 채 살아가는 이들을 많이 보아서 그런지 S가 사회생활을 활발히 하는 모습이 그렇게 멋져 보였다. 그래도 만날 때마다 언젠가 이런 전화가 올 것만 같은 막연한 예감이 들곤 했는데, 슬프게도 그 예감은 틀리지 않았다.

서둘러 집을 나섰다. 택시를 잡아 타고 전화를 다시 걸었는데, 밤새 술을 마셔서인지 S는 본인 위치를 정확히 인지하지 못했다. 아예 대화 자체도 잘 되지 않았다. 그나마 내가 잘 아는 골목에서 술을 마셔서 다행이었다고 해야 할까.

골목을 구석구석 뒤진 끝에 가끔 스쳐 지나가던 24시 해장국집 앞에서 만취한 채 길바닥에 주저앉아 있는 S를 찾았다. 그간 나와 정중하게 이야기를 나누던 모습과은 영 딴판이었다. 지린내가 코끝을 찔렀다. 해장국집 아주머니가 식당 밖으로 나와 S에게 핀잔을 주고 있었다.

"제가 잘 모시고 갈게요. 죄송해요."

나는 굽신대며 아주머니에게 사과했다.

타고 온 택시에 양해를 구하고 S를 태웠다. S가 소변을 지린 상태라 승차 거부를 당할 수도 있겠다 싶었는데, 다행히 택시 기사님은 나를 안쓰러운 눈으로 바라보며 이 모든 상황을 모르는 척해 주었다. 그렇게 우여곡절 끝에 S의 집까지 도착했다. 깊숙한 골목에 위치한 빌라였는데, 그의 인상처럼 적당히 정리된 집이었다. 깨끗하진 않았지만 모든 물건이 저마다 있어야 할 자리에 놓여 있는 듯한 인상이었다.

나는 이부자리에 S를 눕히고 어색한 침묵을 없애고 싶어 한마디를 꺼냈다.

"집이 깔끔하고 좋네요. 밥도 직접 해서 드시나 봐요."

술에 취해서인지 묵묵부답이기에 "저 이제 가요" 하고 나서려는데, S가 무겁게 입을 열었다.

"홍 선생, 너무 외로워."

그는 나를 안고 울기 시작했다. 갑작스러운 고백에 잠시 '얼음'이 되었다. 어른이라 생각했던 사람이 나를 붙잡고 눈물을 흘리다니. 나는 당황스러운 기색을 애써 감추고 가볍게 S를 안아주었다.

"괜찮을 거예요. 같이 잘 해봐요."

뭘 잘 해보자는 걸까. 나도 모르지만, 그냥 그 순간에는 그런 말이 나왔다. 잠시 그렇게 다독거리고 "이제 저 갈게요. 씻고 푹 쉬세요. 다음에 또 봬요" 하고는 자리에서 일어섰다. 문 앞을 나서고 난 다음에도 난 한참 동안 발걸음을 떼지 못했다.

다음 날부터 S와 나는 여느 때처럼 출근길에 만나서 반갑게 인사하고 악수하는 사이로 돌아갔다. 하지만 그를 마주칠 때면 "홍 선생, 너무 외로워"라는 말이 계속 떠오른다. 그는 이제 울고 싶은 마음을 누구에게 전할까. 죽고 싶을 때 누구와 이야기를 나눌까. 그에게 조금이라도 관심을 갖는 사람이 세상에 몇이나 있을까. 세상의 관심은 어째서 S에게 미치지 않을까.

"홍 선생, 너무 외로워."

그는 나를 안고 울기 시작했다.

관심을 빼앗기 위한 기술은 나날이 발전하는데, S와 같이 가난하고 소외된 이들에게는 도무지 관심이 향하질 않는다. '가난'에 대한 관심은 가난한 사람을 돕는 '부자'에게로 향하기 일쑤다. 정부는 저소득층에 대한 미봉책들을 찔끔찔끔 발표하면서 "그래도 우리 정부가 빈자들에게 관심이 있지, 우리 잘하고 있지 않아?"라며 그들을 돕는 자신들에 대해 칭찬을 요청한다. 어떤 사람은 관심을 얻기 위한 수단으로 자신이 가난한 사람을 돕는 모습을 이용한다.

누군가는 관심받고 싶어 하는 게 뭐가 문제냐고 말할 수도 있다. 우리는 다 자기 이익을 위해 살아가니까. 그러나 모든 개인이 자기 이익을 위해서만 산다면 경쟁은 필연적일 수밖에 없다. 심지어 대학 교수, 과학자, 시민활동가 중에도 그런 경쟁에 뛰어들어 '관종(관심종자)'으로 사는 이들이 많다. 그 모습이 생경하긴 하지만, 한편 이해도 된다. 연구결과가 관심받아야 더 많은 연구를 할 수 있는 발판이 되고, 사회운동도 결국 사람들의 관심을 끌어야 지속할 수 있으니까. 더 정확히 말하자면, 이런 관심이 연구활동이나 사회운동을 지속할 '돈'을 끌어모아 주니까.

그것이 나쁘다는 말이 아니다. 다만, 한번 생각해 보자는 거다. 돈이 모든 것을 압도하는 절대 가치로 자리 잡은 자본주의 사회에서 만약 연구도 시민활동도 돈으로 가치가 매겨진다면 가장 비싼 연구나 활동이 꼭 사회를 가장 이로운 방향으로 만든다고 이야기할 수 있을까. 저렴한 활동, 돈 되지 않는 활동은 무가치한가.

돈이 몰리는 데는 다 이유가 있고 세상에 공짜는 없다는 것을 누구나 잘 안다. 그러나 그게 왜 그렇게 된 것인지 그 과정에 의문을 던져보지 않는다면 그 끝에 큰 실망이 오지 않을까.

나 역시 관심받는 것을 좋아한다. 앞에 나서는 것을 좋아하고, 사람들에게 사랑받고 싶어 한다. 그 욕망을 누그러뜨리기란 쉽지 않다. 그럼에도 나는 나 자신에게 다짐하는 마음으로, 가까운 사람들에게 종종 이런 이야기를 한다.

"필요 이상의 돈을 더 벌기 위해 노력하지 않을 거야. 어떤 직함을 내세워 명예를 얻으려고 노력하지도 않을 거고. 관심받기 위해 아무것도 하지 않을 생각이야."

이 말을 들은 사람들은 하나같이 내게 "제정신이냐?"라고 되묻는다.

"다른 삶을 살아가겠다"는 말은 "거부의 삶을 살겠다"는 의미로 읽힌다. 그래선지 이런 말을 하는 나를 대부분의 주변 사람들은 이해하지 못한다.

귀가 얇은 우리는 주변사람들의 반응에 쉽사리 흔들린다. 아마 그냥 주변사람이 아니라 사랑하는 가족이고, 친구니까 더 그럴 것이다. 그들의 이야기에 수긍하는 안전하고 편안한 삶은 우리를 행복하게 한다. 그 행복을 저버리기란 어려운 일이다.

그럼에도 우리는 끊임없이 고민해야 한다. 나를 하나의 좋은 상품으로 만들고, 나를 관심의 대상, 거래의 대상으로 만드는 것에 대해 숙고해 보아야 한다. 내 존재 가치를 돈으로 결정하는 데 동의하기 전에 몇 번이고 질문해야 한다. 더 비싼 내가 되는 것이 맞는 일인지, 그렇게 해서 무엇이 되고 싶은지.

고무적인 것은, 이미 많은 사람이 관심받는 삶에 점점 지쳐가고 있다는 것이다. 징후는 곳곳에서 보인다. 이제 중요한 것은 연대다. 우리 같이 어깨를 걸고 '상품으로 살지 말자'고 다짐해야 한다. 그래야만 조금 다른 미래가 우리를 기다리게 될 것이다.

상품으로서의 삶을 거부하는 것.

때로 아무것도 되지 않아 보는 것.

눈에 띄지 않고 사회의 관심에서

동떨어져 있는 이들을 찾아 친구가 되는 것.

거래되지 않는 관계를 통해 자신의

외연을 넓혀가는 것.

이렇게, 우리 함께 다른 삶을 그려보면 어떨까.

폭염이 가장 먼저
집어삼키는 것

말로 설명하기 어려울 만큼 기록적인 폭염이 이어지던 여름이었다. 방문진료를 하러 이 집, 저 집 돌아다니는데, 마치 사우나 안을 걸어다니는 듯했다. 나는 추위에도 더위에도 무덤덤하게 지내는 편인데, 그 전까지는 몸이 가벼워서 비교적 여름에 더 자신이 있다고 당당하게 이야기하곤 했었다. 웬만한 더위에는 아랑곳하지 않고 방문진료를 다닐 수 있을 거라 장담했는데, 이때는 "어라 이게 아닌데?" 하는 말이 절로 나왔다.

움직이는 일 자체가 고역이었다. 아니, 움직일 일 없는 밤도 쉽진 않았다. 보통은 선풍기를 20분 정도 돌다가 꺼지도록 맞추어놓으면 아침까지 무난하게 잘 수 있었는데, 그 해 열대야에는 선풍기를 한 시간 동안 작동시켜 놓고 새벽에 깨서 또 한 시간을 더 돌려야 겨우 밤을 보낼 수 있었다. 잠을 설치고 나서 쉬지 못한 채 일상을 반복하려니 더 힘들 수밖에 없었다.

너무 더워서 방문진료 다니기가 힘들었다고 볼멘소리를 하려는 게 아니다. 진짜 문제는 내가 아니라 만성질환이 있거나 노쇠하여 체온조절이 어려운 환자들이었다. 이들을 보면 기후위기 문제가 피부로 느껴졌다. 이들에게 기후위기는 생존과 직접적으로 관련된 실질적인 위협이었다.

폐렴과 욕창 등의 질환으로 입원과 퇴원을 반복하다가 집에서 지내고 있는 I는 폭염이 이어지는 며칠간 크나큰 위기를 겪었다. 산소포화도가 급격히 떨어지면서 주말 내내 보호자들이 그의 곁을 지켜야 했던 것이다. 오랜 투병으로 인해 임종이 가까워졌음을 보호자들도 분명히 알고 있었지만, 막상 상태가 갑자기 악화되자 모두들 당황할 수밖에 없었다.

나도 평소보다 더 자주 I를 방문해 자세히 살폈다. 의사 표현을 하지 못하고 누워 있는 I에게 폭염은 그 어떤 질병보다도 큰 위협이었다. 그래도 닷새쯤 상태가 불안했는데, 방 안의 온도를 적절히 조절하고 충분히 수분을 보충하자 다행 히 조금 회복이 되었다. 아마도 갑작스러운 폭염으로 인해 기력이 떨어지면서 나타난 일 아니었을까 싶었다. 그러다 몸 이 환경에 어느 정도 적응하고 또 폭염도 한풀 꺾여 호전되 었을 것이고.

보호자들에게 이야기하지는 않았지만, 분명 큰 고비였고 나는 I가 버티지 못할 수도 있겠다고 생각했다. 아마 I뿐 아 니라 폭염을 견디며 많은 고령자들이 건강관리에 어려움을 겪었을 것이다. 특히 냉방을 충분히 하기 어려운 주거 취약 계층에게는 이것이 더욱 커다란 재난이었을 것이다.

G는 온몸에 암이 전이된 말기암 환자다. 팔다리의 부기 도 심하다. 눈이 나빠져 시야도 선명하지 않다. 가족들의 급 한 연락을 받고 찾았을 땐 이미 손쓸 도리가 없어 보였다. 보 호자들도 수차례 병원을 왔다 갔다 하면서 되돌릴 수 없는 상황임을 인지하고 있었다. G는 누가 봐도 마지막을 향해 가 고 있는 상태였지만, 정신만은 또렷했다. 나는 G를 만날 때 마다 거르지 말고 뭐든 꼭 먹어야 한다고 했다.

보호자는 G가 선명히 보지 못한다고 했지만, 나는 그와 얼굴을 마주하고 연신 "또 뵙고 싶어요. 밥 잘 드시고 힘내세요. 제가 다시 찾아올게요"라고 말했다. 그럴 때면 G는 고개를 끄덕이며 "고맙습니다" 하고 대답했다. 마음이 전해졌는지 무더운 여름을 생각보다는 담담하게 잘 견디고 있어 다행이라 생각했는데, 그때 보호자가 지나치듯이 했던 말이 잊히지 않는다.

"저희도 얼마 안 남은 거 알아요. 그런데 더위가 조금 꺾이고 가시면 좋겠어요. 다들 힘드니까요."

그 말에 담긴 진심을 충분히 수긍할 수 있었다. 인생의 마지막 순간은 아무도 알 수 없지만, 이 무더위에 마지막을 맞는 것이 결코 쉬운 일은 아니니까. G에게도, 그의 보호자에게도.

그 해 무더위가 유난히 야속했던 건 코로나 유행이 함께했기 때문이었다. 당시, 1년 넘게 코로나 방역을 책임지고 있던 보건소, 공공병원의 의료진, 공무원 들의 피로도는 이미 극에 달한 상태였다. 더 심각한 문제는, 코로나 방역 업무로 보건사업이 장기간 중단되었다는 점이었다. 나와 함께 청소년 건강 증진 활동을 기획·실행하는 한편, 지역의 장애인

거주지에 방문해 재활 훈련을 했던 이들도 모두 방역 업무에 투입되고 말았다. 상황이 이렇다 보니 취약계층의 건강 돌봄에는 공백이 생길 수밖에 없었고, 재난과도 같은 폭염에 많은 이들이 속수무책으로 쓰러져 버렸다. 내가 할 수 있는 일이라고는 그저 폭염과 코로나에도 아픈 이들이 삶의 마지막을 존엄히 보낼 수 있도록 돕는 것 그리고 인류의 생존을 이끌고 있는 택배노동자, 건설노동자, 청소노동자, 방역 담당자 등 야외에서 일하는 이들이 꼭 버텨주길 간절히 바라는 것뿐이었다.

당장 눈앞에 닥친 이런 일들도 큰 문제지만, 시야를 조금만 확장해 보면 더욱 생각이 복잡해진다. 무분별한 산림 벌채는 동·식물과 미생물의 생태계를 파괴했고, 코로나와 같은 바이러스 질환들이 중간체를 거쳐 인간에게 전염되도록 하는 데 이르렀다. 이 전염병을 일으킨 장본인은 인간종이다. 기후위기와 코로나가 모두 인간의 욕심에서 비롯되었다는 걸 고려한다면, 코로나 방역을 넘어 생태적 전환을 모색해야 한다는 데까지 생각이 미치는 게 너무나 당연한 일일 것이다.

인류의 삶을 혁명적으로 전환하지 않는다면, 인류는 위기를 반복하며 서서히 파멸할지 모른다. 어디서부터 어떻게 바꿔야 할지, 무엇부터 실천해야 할지 나도 혼란스럽다. 다만 분명히 알게 된 사실은 있다.

기후위기로 가장 먼저, 가장 크게 피해를 보는
이들은 아프고 가난한 사람들이다.

더 분명한 사실은, 위기가 이들을 먼저 집어삼킨 후 다음 사람을, 또 그 다음 사람을 계속해서 겨냥할 것이라는 점이다. 그렇다면 당장 눈앞에 닥친 문제와 함께 더 멀리 보고 생각의 전환을 이루어야 하지 않을까?

수년간 셀 수 없이 많은 사람이 코로나 검사를 받아왔고 여전히 받고 있는데, 그 비용은 얼마나 될까. 코로나 검사를 하고 버려진 수많은 검사도구들과 코로나를 예방하기 위해 우리가 사용해 온 수많은 일회용품들은 다 어디로 갔을까. 그 비용은 도대체 누가 내고 있나. 이 재앙이 유발한 대가는 누가 치러야 하나.

질문이 길어질수록 너무 끔찍해서 그냥 생각을 멈추고만 싶다. 아니 사람이 죽어가는 걸 살리는 데 온 힘을 써야 할

판에 쓰레기가 무슨 걱정이냐고, 그렇게 한가하냐고 할 사람도 있을지 모르겠다. 하지만 재앙이 유발한 대가는 우리의 존재를 지울 정도의 더 큰 고통을 가지고 올 것이다. 이제는 정말 어떻게 살아야 하는지 다 함께 고민해 봐야 할 시점이다. 우리에게 인류의 숙제가 주어졌다.

효자가 아니라
영 케어러입니다

M은 누워 계신 할머니를 돌본다. 시골에 홀로 계셨던 M
의 할머니는 4년 전 갑자기 쓰러졌고 서울의 '아들 집'으로
오게 됐다. M은 이때부터 어머니를 도와 할머니를 돌보기
시작하면서, 요양보호사 자격도 갖추었다. 그래서인지 처음
만났을 때부터 그의 모습은 무척 인상적이었다. 그가 할머
니의 혈당수치를 태블릿PC에 기록해 둔 덕에, 의료인으로서
할머니의 상태를 한눈에 알 수 있었다. M이 잘 돌보아서인
지 할머니의 혈당수치는 적절히 관리되고 있었다. 나는 M에
게 진심에서 우러나온 이야기를 건넸다.

"어떻게 생각하실지 모르지만, 정말 대단한 일을 하고 계

세요. 응원합니다. 힘내세요."

"감사합니다. 할머니가 쓰러지시고 돌봄을 받아야 하는 상황이잖아요. 저는 그저 어머니를 도운 것뿐이죠."

M은 겸손했다. 그가 처음 돌봄을 시작했을 때가 20대 후반이었다. 그도 준비하던 인생 계획이 있었을 텐데 아쉬움은 없었을까. 가끔 M을 볼 때마다 그런 이야기를 듣고 싶었지만 쉽사리 입이 떨어지진 않았다.

M처럼 가까운 사람을 돌보는 청년들을 가끔 만난다. 나와 비슷한 또래여서인지 이들에게 더 관심이 간다. 30대 초반의 한 청년은 사고를 당해 누워 있어야만 하는 어머니를 전적으로 돌본다. 어머니가 누워 있는 침대 옆 그의 책상에는 취업 준비를 위한 책들이 펼쳐져 있다. 20대 초반의 또 다른 청년은 M과 마찬가지로 할머니를 돌보면서 요양보호사 교육을 받고 있는데, 어머니뻘의 요양보호사에게 늘 격려를 받는다고 했다.

얼마 전 오랜만에 할머니를 방문해 달라고 연락한 V도 그런 청년 중 하나였다. V의 할머니는 치매 증상으로 인해 어두운 방 침대에 꼼짝하지 않고 누워서 그 누구와, 그 어떤 소통도 하려 들지 않았다. 가족들이 식사를 차려주어도 잘못된 음식이라며 믿지 않았고, 자기만의 세계에 갇혀 돌봄의 손길을 거부했다. 돌보는 가족 입장에서도 무척 힘들었을 것이다.

무언가 대화도 나누고 진찰도 해봐야 증상을 알 수 있을 텐데 방을 점거하고 문 앞을 넘지 못하도록 엄포를 놓으니 진료에 한계가 있었다. 문 밖에서 질문을 드리고 겨우 허락을 얻어 잠시 가까이 다가가 가볍게 진찰한 게 다였다. 그렇게 몇 차례 찾아뵙고 요양서비스도 연계하고 약도 드렸지만, 할머니는 끝내 자신을 도우려는 낯선 이를 받아들이지 못했고 약도 드시지 않았다. 복용하지 않는 약을 계속 처방하니 나도 보호자들도 민망하여 자연스레 발길이 끊겼다. 그렇게 1년여간 통 방문하지 못한 상황이었다.

"선생님, 그동안 잘 지내셨나요? 할머니가 가래가 있고 기침도 심한데 봐주실 수 있을까요?"

너무 오랜만이어서인지 조심스러운 목소리로 연락을 해온 V는 자신이 업무 도중 잠시 시간이 생기는 오후 3시 30분에 찾아와 달라고 내게 정중히 부탁했다. 방문 당일, 이전 일정이 일찍 끝난 나는 30분 정도 먼저 도착해 집 주변을 서성이면서 V가 언제 오나 살피다가, 누군가 있겠지 싶어 현관문을 두드렸다. 나를 맞아준 건 다른 보호자, V의 어머니였다.

"방문의사입니다. 지난번에 몇 번 찾아뵈었는데."

"전에 오셨던 것 같네요."

"기침, 가래가 심하다고 들었는데 어르신 좀 뵐 수 있을까요?"

"그러세요."

다소 퉁명스럽기까지 한 태도에 당황한 나는 역시 V를 좀 더 기다릴걸 그랬나 생각하며 집 안으로 들어갔다.

다시 만난 V의 할머니는 1년 전과 완전히 다른 사람이 되어 있었다. 한 방에 누워 있지 않고 온 집 안을 다 헤집고 돌아다니며 어지르고 있었던 것이다. 나에게도 어디서 왔는지, 왜 왔는지 물어보다가 자신이 무엇을 먹었는지 미주알고주알 이야기했다. 일단 방문 목적이 기침, 가래였기 때문에 그 부분을 확인했다. 증상은 나쁘지 않았고, 미리 관련 약들을 준비해 놓아서 크게 어려움은 없었다.

아직 V가 오지 않아 V의 어머니에게 소견을 전달하려고 잠시 말씀 좀 나누자고 청했다.

"어르신 상황이 많이 달라졌네요?"

"지금은 밤새 돌아다니느라 잠을 못 주무세요. 새벽에도 우리를 깨워서 가족이 다 일상생활 유지하기가 어려워요. 방문을 잠그고 잘 수밖에 없어요."

혼이 쏙 빠진 말투와 퀭한 얼굴. 간병 부담으로 인한 스트레스와 수면 부족이 짐작되었다. 아픈 이를 돌보느라 잠도 제대로 못 자고 결국에는 보호자 또한 시들어 간다. 말문을 연 V의 어머니는 할머니의 눈을 피해 내게 한참이나 어려움을 토로했다.

"어머니가 손자 V의 말만 겨우 들어요. 저는 정말 어떻게 해야 할지 모르겠어요."

나는 최선을 다해 V의 어머니가 하는 이야기들을 듣고, 우선 위로의 말을 건넸다. 그러면서 약 용량을 늘려 할머니의 증상을 조절해야 한다고 강조했다. 조심스럽게, 단기간 시설 입소도 고려해 보라고 덧붙였다.

V는 원래 약속시간에 맞춰 도착했다. 나와 비슷한 또래인 그는 낯빛이 어머니만큼이나 어두웠다. 무척이나 피곤한 기색이었다. 할머니를 돌보며 충분히 잠잘 시간이 부족한 상태에서 회사 일까지 해내려, 아마 몸도 마음도 많이 지쳤을 것이었다. 나는 할머니의 호흡기 증상과 함께, 그의 어머니에게 설명한 것과 비슷하게 약에 관한 부분, 시설 입소에 관

한 부분까지 찬찬히 이야기했다. V는 진중한 표정으로 내 의
견을 경청했다.

인지 저하 증상을 가진 아버지 곁을 지키며 써 내려간 자
전적 기록 《아빠의 아빠가 됐다》의 조기현 작가는 누군가를
돌보는 청년을 '영 케어러Young carer'라고 지칭한다. '효자'라
는, 전통적인 인식에 기댄 호칭을 거부한 채 기꺼이 돌봄노
동을 감당하는 청년 돌봄인들을 강조하는 호칭을 새롭게 내
세운 것이다.

돌봄노동을 하는 데 세대가 중요한 건 아니지만, 어쩐지
청년 돌봄노동자는 낯설다. 특히나 청년이라면 '꿈이 있어야
하고 좋은 직장을 얻기 위해 노력해야 하며 때로는 영혼까지
끌어모아 투자를 해야 한다'는 인식이 강한 요즘에 말이다.
아픈 이를 돌보는 일은 시대가 요구하는 청년의 이미지와는
다소 맞지 않는 느낌이다.

하지만 영 케어러는 우리 눈에 잘 보이지 않을 뿐 어딘가
에 분명히 존재한다. 이들은 대체로 가족의 상황 때문에 어
쩔 수 없이 돌봄노동을 시작하지만, 나중에는 요양보호사 자
격을 얻는 등 전문적으로 일을 해나가는 이들도 적지 않다.

더러 장애인활동 지원에까지 참여하는 이들도 있다.

지금껏 돌보는 일은 하찮은 것으로 치부되거나 다른 경제 활동을 위한 희생 정도로 간주되던 게 사실이다. 하지만 코로나 시대가 되며 모두가 절감했듯이, 인간이라는 존재는 돌보는 이 없이는 존재할 수 없다. 인간은 태어나 양육자의 전적인 돌봄을 받으며 생존해 나가고 잠시 홀로 서다가 자녀를 양육하거나 나이 든 부모를 돌보게 된다. 그러다 자기 자신 또한 나이가 들어 또다시 누군가의 돌봄을 받게 되고, 돌봄 속에서 여생을 마무리한다. 꼭 혈연이나 혼인을 통해 연결되는 관계가 아니더라도, 바로 곁에서 돌보는 이는 인간 생존에 필수적이다. 돌봄은 존재의 증거 그 자체이며, 한 인간의 역사는 돌봄의 역사라 해도 과언이 아닌 듯하다.

그러고 보면 '저출산, 고령화 위기'란
진단은 틀렸다.
정확한 진단은 '돌봄의 위기'다.

질병과 손상 그리고 노화의 경계가 흐릿해 치료보다는 돌봄이 시급한 상황을 자주 마주한다. 그런데도 우리 사회에서는 여전히 건강을 다루는 데 돌봄보다는 치료에만 큰 권위를 부여해 온 관행이 만연하다. 치료할 수 있는 질병을 치료하고 죽음을 늦추고 막는 것도 중요한 일이지만, 편안한 생의 마지막을 맞이하도록 돌보는 일도 그에 못지않게 중요한데 말이다.

하루를 더 연명하기 위해 너무 애쓰기보다는 하루를 살더라도 환자 본인뿐 아니라 주위 사람들까지 작은 만족을 느끼며 사는 것이 건강의 본질에 가깝지 않을까. 물론 이를 위해서는 돌봄노동자들에 대한 인식 제고와 제도 개선이 먼저 뒷받침되어야 할 것이다.

자발적이든 비자발적이든 영 케어러가 된 이들이 자신의 노동에 대해 자부심을 가질 수 있는 세상이 되었으면 한다. 그 길에 들어선 청년들을 우리는 마땅히 돕고 지원해야 한다. 이것은 단순한 연민이나 인류애적 차원에서 하는 이야기가 아니다. 나는 미래가 '돌봄 중심 사회'가 될 것이라 믿는다. 그 사회에서 영 케어러들의 경험은 가장 가치 있는 사회적 자산이 될 것이 분명하다.

모두들 앞으로 나아가고 무언가에 도전하려 할 때, 차분히 자기 자리에 서서 주변을 돌아보고 누군가를 돌보기로 한 그들의 선택을 존경한다. 누구나 그런 선택을 할 수 있는 것은 아니다. 그렇기에 그들의 선택이 더 귀한 것일 수도. 언제까지나 영 케어러를 지지하고 응원할 것이다.

편견에 대한
편견

운이 좋아서인지, 나를 불쌍하게 생각하는 선배들이 좀 있다(실제로 내가 좀 불쌍한 편이기도 하고). 그 선배들은 나를 종종 도와주려 한다. 참 고마운 사람들이다.

그중 모 의과대학 교수로 일하고 있는 한 선배 덕분에 의과대학 학생들에게 내 활동 이야기를 전할 기회가 생긴 적이 있었다. 당시 지역사회에서 활발히 활동했던 나는 우리의 일에 대해 알릴 수도 있는 데다 소정의 강의료까지 받을 수 있다고 하니 이 제안이 무척 고마웠다. 선배는 혹여 강의 반응이 예상과 다를 것에 대비해 "아무래도 강의 대상이 졸업반 학생들이다 보니 생각이 크게 바뀌지 않을 가능성이 크다"

며 나를 미리 안심시켰다.

하지만 이게 웬걸. 막상 시작해 보니 학생들이 내 이야기를 관심 있게 들어주는 것이다. 사실 내가 지루하지 않게 이야기하는 능력은 약간 있다. 되도록 흥미 위주로, 가끔은 자학하는 내용으로, 청중이 내 이야기를 졸지 않고 들을 수 있도록 노력한다. 중학생, 고등학생, 의과대학 신입생 들 앞에서도 이야기를 전달했던 적이 있는데, 그때보다 이들이 좀 더 내 말을 귀담아 듣는다고 느꼈다. 질문도 많이 나왔다. 졸업반인 만큼 아무래도 가까운 미래에 대한 고민이 많았을 것이다.

'돈은 얼마나 벌고 사는지' 같은 현실적인 이야기부터 '앞으로의 계획은 어떻게 되는지' 같은 꿈에 대한 이야기까지 다양한 질문을 받았는데, 그중 오랫동안 잊히지 않은 질문이 하나 있다.

"배경이 다른 청년들과 같이 사는 게 쉬운 일은 아니었을 텐데, 어떻게 그들을 편견 없이 대할 수 있었나요?"

그때 내가 뭐라고 대답했는지는 명확히 기억나지 않는다.

"그냥 자연스럽게 그렇게 됐어요."

이 정도로 대답했던 것 같다. 왜인지 모르겠지만, 그 질문이 한동안 계속 떠올랐다. 그러면서 다른 의문이 마음속에서 함께 고개를 들었다. 나는 사람들을 편견 없이 대하고 있을까? 나는 청년들과 편견 없이 같이 살고 있나?

편견이란 부정적인 방향의 생각일 때가 많다. 가령, '성소수자들은 성적으로 문란하다'라는 편견은 그들에 대한 차별을 확대시킨다. 성적으로 문란한 것이 옳은가 그른가 하는 문제는 별도로 하고, 일단 편견 섞인 이미지로 대상에게 낙인을 찍고 이로써 자신들의 편견을 정당화하는 것이 차별주의자들의 전략이다.

'가난한 사람'에 대한 편견은 또 어떤가. 노숙인들을 보며 "저들은 그저 게으르고 무능한 사람들"이라고 손가락질한다. 성실하게 일했으면 저렇게 되지 않았을 거라면서. 실제로 그들을 한 명, 한 명 만나 이야기를 들어보면 그들이 성실하지 않아서 그곳에 있는 것이 아닐 때가 많다. 대부분은 불가항력적인 사고 탓인데, 무리하게 사업을 확장하다가 빚쟁이가 된 이도 있지만 가족의 막대한 의료비를 감당하지 못해 재산을 모두 잃은 이도 적지 않다. 모든 노숙을 단순히 개인의 탓으로 돌리기에는 무리가 있다는 것이다. 물론 '부자'에 대한 편견도 빼놓을 수 없다. 그들은 항상 행복할 거라든가, 분명 부정한 방법으로 부를 축적했을 거라든가. 그렇지 않은 이들이 많을지 모르는데도.

그렇다면 나는 편견이 있나, 없나? 가만 보면 내 머릿속 역시 편견으로 가득 차 있다. 가히, 편견 속에서 산다고 해도 과언이 아니다. 편협한 시각으로 세상을 바라보며 나의 삶을 꾸려오다 보니, 어느덧 이 지경에 이르렀다. 가끔은 내가 남들에게 "편견을 가득 심어주겠어"라는 생각을 하며 사는 것도 같다.

왜일까. 내가 유독 강한 편견을 많이 갖고 있는 사람일까? 우리가 생각하는 방식은 각자가 살아온 환경의 영향을 받아 결정된다. 자신이 겪어보지 못한 상황에 대해 편협한 관점을 가지는 것이, 당연한 일이다. 진짜 위험한 것은 편견을 갖고 있는 것 그 자체가 아니다. 편견을 갖고 부딪치는 관계는 오히려 건강하다. 때로는 편견 없이 서로를 바라볼 수 있는 편안한 관계가, 오히려 더 위태로워 보인다.

편견을 갖지 않고 마주할 수 있는 집단은 보통 동질적인 이들끼리 모인 집단이다. 나는 동료 의사들과 대화할 때 종종 안도감과 신뢰감을 느낀다. 다만, "너도 당연히 의사니까 의사처럼 생각하겠지"라고 '편견 없이' 이야기할 수 있는 관계가 때로는 힘들었다. 어? 나는 다르게 생각하는 부분도 있는데. 의사라는 직업과 집단에 대해 다른 의문을 가지고 있는데. '어떤 과가 전망이 있다더라, 어떤 과는 망했다더라' 혹은 '비보험을 통해서 수입을 얻는 게 중요하다더라' 같은 대화들이 어떨 때는 불편하던데.

편견 없는 관계는 기득권을 유지하고 있는 집단에서나 가능하지 않을까. 비슷한 생각을 가진 집단은 생각이 다른 사람을 용납하지 못한다. 권력을 가진 독재자가 이끄는 집단에서는 쉽게 다른 의견을 말하기가 어렵다.

요즘 나는 편견이 있는 채로 어떻게 하면 사람들과 잘 어울려 살아갈 수 있는지를 고민하는 중이다. 편견을 없애려고 애쓰기보다는 '내가 모르는 분야의 사람들은 나와 다를 것'이라고 하는, 좀 더 합리적인 생각을 하기 위해 노력한다. 편견이 있다면 상대에게 그 편견을 툭 까놓고 이야기한다. 그렇게 서로의 다름을 확인해 보는 것은 생각보다 흥미로운 과정이다. 막상 마음을 열어놓고 이야기를 하다 보면 묘한 동질감을 느끼게 될 때가 많다. 인간이 가진 육체의 한계, 생리적인 한계는 누구나 보편적으로 겪는 부분이니까. 또 돈 많은 것을 싫어하는 사람도 없을 테고. 그저 누군가는 많이 가지고 있고 누군가는 적게 가지고 있어서 서로들 그렇게 싸우는 것뿐이지. 권력은 또 어떤가. 누가 더 큰 권력을 마다할까.

그래도 한 번씩, 누군가에게 상처를 줄 수 있는 나쁜 편견이 내 안에서 고개를 들 때가 있다. 이와 동시에, 편견 없는 동질적 관계의 편안함을 누리고 싶다는 욕망이 함께 스멀스멀 올라온다. 그럴 때면 편견을 누르기 위해 싸울 수밖에 없다. 편견은 뇌에서 일어나는 일종의 '망상'이니, 일단 움직이는 편이 좋다. 생각을 그만할 수 있도록 몸을 움직이는 것은 편견을 다루는 좋은 방법 중 하나다. 없애려고 하는 것이 아니라, 잠시 잊기 위해 노력하는 것이다. 몸을 부대끼다 보면 어느새 편견이 고개를 숙이곤 한다.

그러고 나서도 편견이 어느새 오래된 단골 손님처럼 찾아온다면? 지금까지와 다른 방향으로 움직여보는 것이다. 거창할 필요 없다. 평소 해보지 않았던 활동을 해보면 된다. 그렇게 몸으로 편견과 싸워나간다. 몸을 움직이는 경험이 쌓이다 보면 다른 생각이 어렵사리 싹튼다. 그 싹을 또 잘 키워봐야 한다. 그 싹이 너무 커져서 또 다른 편견으로 작동한다

면? 그때는 과감하게 다른 싹을 틔우기 위해 다시 움직여야
한다.

인간은 단순한 존재라서 익숙한 것에 정을 느끼기 마련이
다. 그래서 나는 항상 사람들을 만날 때 친해지려고 노력한
다. 서로가 서로에게 지독한 편견을 갖고 있다 해도 친밀감
을 느끼는 관계가 되면 뭐든 대화가 가능해지는 법이다.

친해지는 데 걸리는 시간은 천차만별이다. 진우처럼 만나
는 순간 "얘 좀 뭐 있는데" 하는 관계도 있고, 몇 년을 만나
도 알 수 없는 사이도 있고. 그것은 보통 운명에 맡기는 편이
다. 더 어렸을 때는 시너지를 낼 수 있는 관계를 찾아 헤맸는
데 이제는 조금 여유가 생겼다. 아직 멀었지만. 그래 편견과
함께 살아보지 뭐. 내 잘못을 인정할 수 있는 겸손만 잃지 않
는다면 누군들 같이 못 살까.

기억해 보니 비슷한 뉘앙스의 질문을 종종 들어왔다.

"왜 의사인데 이러고 살아요?"

한번은 어떤 인터뷰에서, 인터뷰어가 이런 질문을 던졌
다. 심지어는 내가 억대 연봉을 마다하고 마을에 왔다는 식
의 이야기까지 덧붙였다. 나는 억대 연봉을 마다해 본 적이

없다. 그저 의사로서 실력이 부족해 많은 돈을 벌 수 있는 의료를 펼치지 못했을 뿐이다. 그 과정에서 내 안의 편견과 끊임없이 싸우고 또 화해했을 뿐이고.

어떤 편견을 가지고 살 것이냐, 편견을 어떻게 대할 것이냐 고민하며 조금만 더 편견과 싸워가고 싶다. 혼자서는 어렵겠지만 함께 싸울 사람들이 있다면 기꺼이 즐겁게 해나갈 수 있을 것 같다.

느슨한 끈으로
연결된 우리들

　나는 비교적 잘 달리는 편이라 그런지 축구를 하다 보면 좀 더 빨리 달리지 못하는 멤버가 항상 아쉽다. 물론 취미로 축구를 하는 우리가 젖 먹던 힘까지 쥐어짜서 달릴 필요는 없다. 그저 각자의 속도에 맞게 달리면서 함께 땀을 흘리고, 조금이라도 스트레스를 풀 수 있다면 그만이다. 머리로는 늘 그렇게 생각하지만, 막상 경기가 시작되면 자꾸 불성실하게 (?) 움직이는 멤버를 실눈 뜨고 바라보게 된다. 축구할 때마저 발동하는 모범생 기질 때문이랄까.

　이런 내가 이기는 것보다 지는 데 익숙한, 그러나 그게 별로 중요치 않다고 여기는 사람들로 이루어진 축구클럽을 무려 10년이나 떠나지 않고 함께했다니, 기적과도 같은 일이다. 게다가 운동을 워낙 좋아하긴 하지만, 이 축구클럽을 시작한 시점에 나는 운동보다 이웃들을 만나 무언가 활동을 벌이는 데 훨씬 집중하고 있었다. 아마 선배의 부름이 아니었다면 쉽사리 시작하지 못했을 것이다.

이웃이면서 지역활동을 함께했던 이 선배는 복지관에서 운영하는 노숙인 쉼터에서 일하고 있는 사회복지사였다. 동네에서 모임을 하며 알고 지냈는데, 어느 날 쉼터 입소자들과 주민들이 어울려 뛰는 축구팀을 운영하고 있다면서 나더러 여기에 축구를 하러 나오라고 했다. 난데없이 왜 축구인가 하고 물어봤더니, 한 젊은 사회복지사의 아이디어로 생겨난 팀이라고 했다. 학창 시절 선수 생활을 하다가 교통사고를 당해 진로를 바꾸게 된 그 사회복지사가, 복지사업을 구상하면서 원래 자신의 특기를 살려 축구팀을 꾸리기로 했다는 것이다.

축구클럽 멤버들은 실력이 뛰어나지는 않았지만 열정만큼은 대단했다. 내가 합류하기 전에는 근처 다른 복지관 팀이나 대학원생 팀과 대결했었는데, 역시 열정만으로는 부족했는지 대체로 졌다고 한다. 다행히, 내가 합류한 이후에는 간간이 승리의 기쁨을 만끽하는 일도 생겼다. 뭐, 나도 승부욕이라면 만만치 않고 공은 어렸을 때부터 차온 터라 어떤 경기든 그냥 물러서는 법이 없었으니까.

정말 열심히 했다. 그리고 재미있었다. 그동안에는 축구를 하더라도 대체로 나와 비슷한 또래들하고만 하는 경우가 많았는데, 이 팀은 나보다 한참 더 연배가 높은 이들이 주축이었다. 이들과 한 팀으로 뛰는 건 좀 색달랐다. 이들은 승부보다는 다치지 않고 즐겁게 게임하는 것, 상대 팀과 좋은 관계를 유지하는 것을 더 중요시했다. 그래서인지, 때로는 경기에서 져도 분하다는 기색을 찾기 힘들었는데 이런 모습이 그때는 무척 생경했다.

우리는 축구도 열심히 했지만 복지관 팀답게 동네 어르신들 집수리 봉사도 하곤 했다. 그렇게 이런저런 일을 하다 보니, 어느 순간 팀에 주민 멤버가 더 많아졌다. 인테리어, 에어컨 설치 등을 본업으로 갖고 있는 전문가들이 하나둘 생겨났는데, 이들은 집수리 봉사를 할 때면 특히 믿음직스러웠다. 나는 주로 짐을 나르거나 청소를 하면서 일을 도왔다. 그렇게 봉사를 마치고 한잔하는 게 축구 이상으로 즐겁고 보람있었다.

처음에는 그냥 가볍게 운동이나 하러 들어간 축구클럽이었고, 팀 막내다 보니 봉사에 빠지기가 힘들었던 것뿐이었다. 그러나 활동이 늘어나면서 나는 어느새 점점 팀에 깊이 관여하게 되었다. 게다가 맨날 질 때는 그러려니 하고 게임이나 즐기자 하게 되는데, 가끔 이기기도 하니까 더 잘하고 싶은 마음이 들면서 스트레스도 생겼다. 스트레스 풀자고 야유회도 가고, 누군가 상喪을 당했다고 하면 같이 장례도 치르고, 그러면서 단순한 동호회 사람들 이상의 관계가 만들어졌다. 시간이 지나 젊은 선수들도 영입되었다. 우리 팀을 총괄하는 회장님이 이전에 알고 있던 후배들을 부르고, 이곳저곳에 홍보를 해서 멤버들을 모은 덕이었다.

멤버들 중에는 내가 유독 좋아하는 형이 있었다. 고등학생 때부터 몇몇 선배들과 같이 축구를 하다가 다시 이 팀에 합류하게 된 형이었는데, 일단 이 형은 축구 실력이 좋아서 같이 뛸 때 든든했다. 나이도 나보다 다섯 살 많았는데, 얼마 차이가 나지 않아 그런지 서로 말도 잘 통했다. 집수리를 할 때면 나는 종종 형과 같이 농땡이도 부렸다. 형은 운동할 때 종종 아이들을 데리고 나왔는데, 네다섯 살쯤 된 아이들이 운동장 한편에서 마음껏 뛰어노는 모습을 지켜보는 건 언제나 흐뭇했다. 같이 운동도 하고 봉사도 하고 술도 마시고. 형과 축구클럽은 어느새 내 인생의 중요한 부분으로 자리 잡았다.

그러던 어느 날. '그러던 어느 날'이라는 말이 꼭 들어맞을 만큼 갑작스럽게 형이 세상을 떠났다. 지인의 부모님이 돌아가셨다는 소식은 종종 들어왔지만 '본인 사망'이라는 소식은 내게도 너무나 낯설었다. 나는 부고를 잘못 본 것은 아닌지 여러 번 확인했다. 슬프다기보다 당황스러웠고, 현실을 인정하기 어려웠다.

황망한 심정으로, 나를 비롯한 축구클럽 멤버들이 장례식장에 모였다. 형의 아이들이 장례식장을 활보하고 있었다. 지금이 어떤 상황인지 정확하게 모르는 것 같았다. 형수는 오히려 담담한 모습이었다. 장례식장을 가득 채운 우리 팀 멤버들은 하나같이 침울했다. 왜 그가 스스로 세상을 떠난 것인지, 나는 자세히 알지 못했다. 새삼 장례식장에 모인 이들의 얼굴을 한번 둘러보게 되었다.

저들 중에 혹시 위태로운 삶을
살고 있는 이가 있을까.

항상 웃고 떠들고 능청스럽던 사람이

어쩌면 마음속에 큰 짐을 갖고 있는 건 아닐까.

알 수 없는 일이었다. 나는 눈을 질끈 감았다.

그렇게, 우리는 누구보다 모든 일에 열심이었던 형을 함께 보냈다. 그러고 나서 다시 모였고, 운동을 했다. 때로 싸우기도 하고 관계가 틀어지기도 하지만, 여전히 우리는 함께 가고 있다.

물론 그때의 축구클럽과 지금의 축구클럽이 완전히 같은 모습은 아니다. 지역이 재개발되면서 복지관이 잠시 문을 닫은 사이, 우리는 복지관의 품을 완전히 떠났다. 또, 예전 분위기가 남아 있긴 하지만, 멤버 면면은 많이 바뀌었다. 무엇보다, 쉼터 멤버로 오랫동안 팀을 지켰던 한 형님이 지방으로 떠나며 자연스레 팀에서 빠졌다. 그 형님은 남미에서 열린 홈리스 월드컵에 출전하기도 했는데, 나중에 내게 그 나라 열쇠고리를 선물이라며 손에 쥐여주기도 했다.

떠나는 사람이 있는가 하면 팀에 들어오는 사람도 있는 법. 언제까지나 내가 막내일 줄 알았는데, 이제는 나보다 어린 친구들도 많이 들어왔다. 그렇다 보니 '코치' 직함을 달고 팀을 진두지휘하기도 하는데, 전과 달리 이제는 더 잘하려 애쓰기보다 함께 즐겁게 공을 차는 데 중점을 둔다.

멤버들이 많이 바뀌다 보니, 서로가 절친하다는 느낌을 받지는 못한다. 그래도 내가 방문진료 병원을 열었을 때에는 다들 축하해 주어 무척 고마웠다. 나도 멤버 중 한 명이 운영하는 식당에 종종 찾아가 밥을 먹는다. 축구 외의 일상에서도 조금씩 인연을 이어가는 것이다. 그저 운동하러 가볍게 나갔을 뿐인데, 이 안에서 이렇게 많은 일을 겪고 좋은 사람들을 만날지 몰랐다.

코로나가 극심했던 시절에는 거의 1년간 모임을 통째로 쉬었다. 그러면서 내가 이 팀에 대한 마음이 이 정도로 애틋했나 하는 생각을 많이 했다. 형을 보냈던 경험이 있어서인지 다른 멤버들이 잘 지내고 있는지 걱정도 됐다. 엄청 친한 사이가 아니더라도 애정의 크기가 클 수 있다는 걸 그때 알았다. 얼른 만나서 함께 운동장을 누비고 싶었다. 그런데 이런 생각이 나 혼자만의 것은 아니었나 보다. 거리 두기 단계가 낮아지면서 생각보다 정말 많은 인원이 모임에 나오기 시작한 것을 보면 말이다.

이제는 안다. 축구라는 하나의 끈이 우리를 느슨하게 묶어주고 있다는 걸. 이 느슨한 관계에서 누구도 소외되지 않고 즐겁게 우정을 나누는 것. 이제 나는 승리보다 이것을 더 중요시한다. 막상 공을 보면 또 생각이 달라질지 모르겠지만.

집에서 죽어도
괜찮을까

"선생님, 대상자 의뢰하려고요. 최근 인지 상태가 급격히 저하되고, 욕창이 심해진 분이에요."

복지관 간호사님으로부터 방문진료를 부탁한다는 연락이 왔다. 임대아파트에서 홀로 사는 80대 후반의 환자였는데, 며칠 사이 인지가 흐려지고 판단력도 떨어진 것 같다고 했다. 식사도 거부한 채 누워만 있다 보니 꼬리뼈 부위의 피부도 썩어간다고 했다. 우리가 갔을 때는 이미 상태가 꽤 나빠져 있었다.

대소변을 가리지 못해서 방문할 때마다 간호사님, 사회복지사님과 함께 대소변을 치우는 일부터 시작했다. 소변줄을 이용해 소변을 보도록 하고 욕창 부위를 차근차근 소독했다. 환자의 협조가 없으니 소독조차 쉽지 않았다. 판단력이 명확하지 않은 환자를 설득해 가며 어렵사리 처치해야 했다.

하루 이틀 해서 될 상황이 아니었다. 간호사님은 매일같이 찾아가 상처를 소독했고, 나도 하루걸러 한 번씩 방문했다. 요양보호사님이 떠난 오후에 방문할 때는 일단 대변을 치우는 게 급선무였다. 욕창 처치를 위해서는 때때로 자세도 바꿔야 했다. 무엇보다 영양 공급이 중요한데 환자가 스스로를 돌볼 수 있는 처지가 아니라는 게 더 큰 문제였다. 복지관에서는 환자를 돕고자 여러 자원을 연계했지만 오전에 세 시간 요양보호 서비스를 받게 하는 것이 최대였다. 다행히, 주 3일 오후 세 시간 정도 긴급돌봄 서비스를 더 받을 수 있게 되었는데, 그것으로도 역부족이었다. 결국, 부족한 돌봄 시간을 조금이라도 늘리기 위해 장기요양 등급을 올리고자 재신청을 하는 등 모두가 이런저런 자원들을 모아 환자를 살리려고 발 벗고 나섰다.

3주 정도 집중적으로 환자를 돌보며 어느 정도 최악의 상황은 막았다. 욕창 부위가 컸는데 좋아지지는 않아도 더 나빠지지는 않았고, 환자도 아주 조금씩이지만 식사를 하려고 했다. 하지만 거기까지였다. 식사도 제대로 챙기기 힘들고 소변 상태도 안 좋고 욕창도 충분히 관리되지 않는 상황에서 환자가 과연 다시 건강을 찾을 수 있을지, 나는 확신할 수 없었다.

환자에게는 입양한 딸이 있었지만, 딸도 이미 고령인 데다 장애와 질병을 갖고 있었다. 자세한 사정은 모르지만 환자인 어머니와의 사이도 좋지 않은 것 같았다. 그래도 어렵게 설득해 딸이 환자를 찾아왔고, 우리와 함께 상처를 소독해 보았다. 딸은 못 본 사이 부쩍 수척해진 어머니를 보며 가여운 마음이 드는 모양이었다.

"가족도 아닌데 이렇게 어려운 환자를 진심으로 돌봐주시다니, 이런 건 아무나 할 수 있는 일이 아니잖아요. 포기하지 않고 신경 써주셔서 정말 감사해요."

딸은 훌쩍이며 계속 고맙다고 이야기했다.

우리는 딸이 찾아오긴 했지만, 환자를 당장 집에서 돌보기는 어렵겠다고 판단했다. 긴 상의 끝에, 잠시 집 근처 병원에 모셔보자고 했다. 24시간 누군가가 돌봐주어야 하는 상황이니 병원의 힘을 빌려보자는 것이었다.

"선생님 안녕하세요. 짧게나마 선생님과 함께 어르신을

도왔던 간호사입니다. 조금 전 따님과 상담을 진행했고 따님이 어렵게 결정하셔서 어르신은 병원으로 모시려고 합니다. 따님도 많이 우시고 저희도 많이 울었습니다. 간호사로 근무하면서 마음이 답답하고 어려울 때가 많았는데, 선생님을 만나게 되어 많이 배우고 큰 도움도 받았습니다. 지역사회에 선생님이 계신 덕분에 좀 더 건강하게 어르신을 보호할 수 있겠다는 희망이 생겼습니다. 모든 자원을 알아보고 연계하는 과정에서 보람도 느꼈습니다. 그래도 아직은… 돌봄 자원에 한계가 있다는 것을 다시 한번 느끼고 말았네요. 여전히 마음이 아프긴 합니다."

간호사님은 내게 긴 문자메시지를 보내왔다. 이렇게 고생하면서도 진심으로 환자를 대하는 선생님이 계신데, 내가 너무 일찍 포기한 건 아닐까. 어려운 상황이긴 했지만 그래도 점점 '우주의 기운'이 모이고 있다고 생각했는데……. 희망이 보이는 듯하다 사라지는 걸 보고 있자니, 아쉬움과 죄송한 마음이 밀려왔다. 그날 나는 쉽사리 잠들 수 없었다.

임종까지 최선을 다해 치료하고 돌본 후 보람을 느끼기도 하지만, 이렇게 잠시 병원으로 의뢰를 하고 나면 실망감이 커진다. 돌봄 여력이 부족해 불가피하게 입원시키는 것이

아프고 가난하더라도 생을 마음껏

향유하고 마지막 순간을 존엄하게

맞이할 수는 없을까.

기 때문이다. 그 환자가 다시 집으로 돌아올 수 있을까. 남은 생을 집에서, 이웃과 더불어 살다가 담담히 떠날 수는 없을까. 아프고 가난하더라도 생을 마음껏 향유하고 마지막 순간을 존엄하게 맞이할 수는 없을까. 정말 이런 세상은 아직 요원하기만 한 걸까.

시끄러운 속을 다스리며 며칠을 보내던 중, 나는 또 한 번 무력감을 맛보아야 했다.

70대 Y는 근육이 서서히 퇴화되는 희귀질환인 근이영양증을 앓고 있었다. 그는 벽을 붙잡고 겨우 일어서는 정도로만 거동이 가능한데도 꿋꿋하게 일상생활을 유지하고 있었다. 평소에는 주로 책을 읽고 외국어 공부를 하며 시간을 보낸다. 그래서인지 식견이 뛰어나 방문할 때마다 대화가 끊이지 않았고 늘 즐거웠다. 의대생들이 방문진료를 경험하려고 왔을 때도 일부러 Y의 집을 찾았다. 희귀질환을 가지고 살아온 삶을 무겁지 않게 잘 전해줄 수 있을 거라 생각해 특별히 부탁한 것이었다. 건강관리도 잘하고 있어서 진료에 큰 어려움이 없기도 했다.

그러던 그에게 긴급하게 연락이 왔다. 일어나질 못하겠다는 것이었다. 근육이 서서히 약해지고 있지만 충분히 주위 사물을 이용해 걷고, 전동 휠체어를 타고 외출도 할 수 있는 정도였는데, 갑자기 일어날 수 없게 됐으니 오죽 당황했을까. 나는 Y가 일어나지 못하는 게 병이 진행되어 그런 것인지, 일시적인 증상일 뿐인지 확신할 수 없었다. 다른 증상이 없는 것으로 보아, 일단 병이 진행되는 것이라고 짐작만 했다.

마침 Y에게 전달해 줄 기증받은 전동 리프트가 도착한 참이었다. 나는 그의 집으로 찾아가 전동 리프트를 전해주고는 바닥에서 일어나지 못하는 그를 일으켜 침대에 올라갈 수 있도록 도와주었다. 그리고 이 증상이 어떻게 될지 며칠간 경과를 지켜보자고도 했다.

불행히도, 며칠이 지나 그에게 안타까운 연락이 왔다.

"도저히 안 되겠어요. 집에서 생활하기가 어려워서 요양병원에 가려고요."

나는 Y가 시설에 들어가기에는 아직 일상생활 능력이 충분하다고 생각했지만 그를 설득할 자신이 없었다. 그저 재활을 마친 후 꼭 돌아오라고만 했다. 얼마 뒤, Y가 요양병원을 거쳐 요양원에 갔다는 소식을 들었다. 요양병원이라면 몰라도, 요양원에 갔다는 소식을 들으니 다시는 그를 보지 못할 수도 있겠다는 생각이 스쳤다.

경제적 형편에 따라 돌봄과 죽음의 모습은 완전히 달라진다. 선택권은 우리에게 쉽사리 주어지지 않는다. 비참한 결말이 아니길 바라지만, 예상치 못한 결말과 마주할 수도 있다. 나만 아니면 될까? 고령의 아픈 이들은 우리 사회가 짊어져야 할 부담이 아니라, 미래의 나 혹은 내 가족의 모습일 가능성이 크다.

노화와 질병은 대비하기도 전에 갑자기 우리를 아프게 하고 부족한 돌봄 체계는 그 아픔을 배가한다. 사회 체계와 복지 서비스는 분절적으로 제공되지만, 우리 삶은 연속적이다. 노후를 대비하는 사회안전망이 더욱 촘촘해야 하는 이유다. 그러나 현실은 이와 거리가 멀어도 한참 멀다.

Y가 요양원에 들어가고 한 달쯤 지났을 때였다. 익숙한 번호로 전화가 걸려왔다.

"선생님, 저예요. 저 집으로 돌아왔어요. 리프트는 제가 계속 써도 될까요?"

나는 너무나 반가운 마음에, Y의 집으로 한달음에 달려갔다.

"정말 잘 오셨어요. 그런데 어떻게 요양원에서 다시 집으로 오셨어요?"

"제가 너무 빨리 포기한 것 같아요. 그때 제가 일어나질 못해서 덜컥 겁이 났었거든요. 그래서 시설에 들어갔던 건데, 요양원에선 도저히 못 지내겠더라고요. 말씀 못 하는 어르신들이 주로 계시던데, 대화 상대가 없으니 시간도 너무 안 가고……. 죽어도 여기서 죽어야겠어요. 이제 어떻게 해서든 선생님만 붙잡고 가야죠."

Y는 나를 보고 빙긋이 웃으며 말했다.

"그래도 좋은 경험 하고 오셨어요. 당장은 어렵겠지만 조금씩 노력하면 익숙해지고 요령도 생기지 않겠어요?"

Y의 말에 기쁨이 앞섰다. 뒤이어, 그가 집에서 잘 생활해 나갈 수 있도록 더 열심히 도와야겠다는 막중한 책임감도 느꼈다. 애초 Y를 더 설득해 보지 않은 것이 후회되기도 했다. 물론 상실감에 빠진 그에게 용기를 줄 뚜렷한 방도가 있던 건 아니었지만.

시간이 지날수록 그는 이전의 생활을 조금씩 회복해 갔다. 그러나 여전히 그가 집에서 살아가기에는 큰 걸림돌이 많다. Y의 뜻대로 '집에서 죽으려면' 무엇이 필요할까. 곁에서 안부를 전하는 이웃, 조금 넉넉한 돌봄 시간, 아니 충분한 활동지원 시간이 중요하다. 일상을 돌볼 의료인과 배우고 싶은 것을 돕는 여가 서비스까지 제공된다면 더할 나위 없이 좋을 것이다. 그러나 현실은 이와 거리가 멀어도 한참 멀다. 노인장기요양보험 제도를 통한 평일 하루 세 시간의 돌봄 지원은 Y와 같은 중증장애인이 집에서 살아가는 데 터무니없이 부족한 도움이다.

> 생산력이 없다고 여겨지는 계층에게
> 마지못해 찔끔찔끔 돌봄과 복지를 제공하면서
> 이들이 서서히 죽어가는 걸 지켜보다가
> 마침내 죽음이 다가오면 시설에 가두는 사회는
> 과연 괜찮은가.

당연히 괜찮지 않다. 스스로 죽음을 택하는 노인의 숫자가 이를 증명한다. 우리나라의 노인 자살률은 2019년 기준 인구 10만 명당 약 46.6명으로, OECD 국가 중 압도적인 1위를 차지했다. 이런 사회에서, 어떤 청년이 자신있게 임신과 출산을 결정할 수 있을까.

우리가 집에서 즐겁게 살다 죽어가기 위한 조건이 엄청난 것들은 아닐 텐데. 그걸 바라는 것이 지나친 욕심도 아닐 테고. 그럼에도 이 모든 것이 특별한 소수의 사람만이 누릴 수 있는 것으로 변해가는 현실을 보면 씁쓸하기만 하다.

'치료'와 '실패'의 이분법을 넘어서 서로를 돌보며 노후를 보내는 미래, 나이 듦이 재앙이 아닌 세상을 상상한다. 그런 세상이 너무 멀리 있지 않았으면 좋겠다. 나를 붙잡고 가겠다는 Y와 함께, 그때까지 나는 내 자리에서 최선을 다할 것이다.

부디 친구가
될 수 있기를

U는 장애인자립생활주택에서 거주하는 발달장애인이다. 처음 만났을 때 서로 나이를 공개하면서, 나는 그에게 "우리 나이가 같으니 친구처럼 지내자"라고 했다. 그 후로 그를 만날 때면 "친구, 잘 지냈어? 친구라서 반갑게 맞아주는 거지?"라고 먼저 말을 건네면서 편하게 악수를 나누는 사이가 됐다. U 역시도 꼭 현관문을 직접 열어주고 활짝 웃으며 나를 맞이해 준다.

그는 20대의 발달장애인 청년 T와 함께 사는데, 내가 이 두 남자를 찾은 지도 벌써 5년 정도 됐다. 이들은 시설에서 생활하다가 퇴소한 후 지역사회에서 살아갈 준비를 하기 위해 자립생활주택으로 옮겨온 상황이었다. 두 사람 모두 젊고 건강해서 내가 자주 찾지는 않지만, 긴 시간 동안 만나다 보니 꽤 친근해졌다. 뭐, 나만 그렇게 느끼는지는 몰라도.

T는 군것질을 좋아해서 혼자 편의점을 찾아가 간식을 사 먹곤 한다. 그 때문인지 체중이 많이 늘어서 매번 운동을 꾸준히 해보자고 격려한다. 함께 지내는 활동지원사님과 산책도 하고 교육센터에서 여러 프로그램에 참여하며 열심히 자립을 준비 중인데, 인턴으로 일하던 작업장에서 중간에 일하다 말고 자주 편의점에 가는 바람에 출근은 일단 중단 상태다.

T는 제법 말이 많은 편이다. 연예인 이름을 나열하기도 하고 옛날 예능 프로그램에 대해 이야기하며 내게 재미있다고 추천도 해준다. 그와 대화할 때마다 그의 말을 이해해 보려고 평소보다 열심히 귀를 기울이지만 쉽진 않다. 그는 스트레스 상황이 닥치면 무조건 화제를 예능 프로그램으로 돌려버린다. 아마도 내가 꺼내는 운동 이야기가 그에게는 스트레스 요인이 아닌가 싶다.

반면에 U는 별로 말이 없다. 내가 초인종을 누르면 반가운 표정으로 문을 열어주고 나와 악수를 나누긴 하는데 충분히 언어를 구사하지는 못한다. 언어 교육을 꾸준히 받고 있지만 아직 대화는 어려운 상태다. T가 혼잣말을 하면 U는 잠시 눈을 감고 존다. "졸지 말고 운동 열심히 해야죠" 하고 말하면 U는 웃으며 나를 쳐다본다.

두 사람과 한참 대화를 하고 나면, 사실 우리가 무슨 말을 한 건지 잘 모르겠다. 이것이 괜찮은 진료였는지도 의문이다. 결국 사회복지사님과 활동지원사님이, 이들이 어떻게 지내는지 해주는 이야기를 듣고서 필요한 약을 처방하기도 하고 추가 상담도 하게 된다. 두 사람이 취하는 소통 방식이 혹시 과거 시절의 경험과 연관이 있지는 않을까 조심스레 짐작해 보기도 한다. 두 사람이 예전에 시설에서 어떻게 지냈는지 후련하게 들을 수 있다면 좋을 텐데 그럴 수 없다는 게 그저 답답한 노릇이다.

진료할 때 대화만큼 중요한 것도 없다. 내가 물어보는 말에 환자가 속 시원하게 대답해 주면 진찰하기가 한결 편하다. 그런데 내가 만나는 환자들 중에는 그러지 못하는 이들이 꽤 많다. U처럼 언어 구사력이 충분치 못한 경우도 있고, T처럼 난해한 언어를 구사하는 경우도 있다. 노쇠하여 말할 힘이 떨어지다 보니 대화가 되지 않는 경우도 있다. 그럼에도 진료하며 내가 하는 대부분의 일은 대화다. 직접 말로 의사를 표현하지 못하는 환자를 볼 때는 곁에 있는 사람에게 최대한 의견을 구한다. 그것도 힘들 때에는 말 없는 환자에게 계속 말을 걸어본다. 간혹 말을 하지는 못해도 내 말을 이해하는 이들이 있기 때문이다.

물론 어떻게 말하느냐도 중요하다. 비교적 이른 나이에 암에 걸려 빠르게 전이가 되면서 뇌 수술을 받은 바 있는 한 60대 여성 환자는 재수술을 위해 찾은 병원에서 "너무 살이 쪘다"는 교수의 말을 듣고, 아예 밥을 먹지 않으려고 했다. 코로나 상황 때문에 호스피스 병원에 있다가 자녀들이 집으로 모시고 나서 식사를 너무 잘 챙기다 보니 몇 달 사이 살이 조금 쪘던 것이다. 수술을 위해 입원하기 전, 나도 그의 집에 방문하여 "처음 집에 오셨던 6개월 전보다 체중이 좀 는 거 같으니 식이 조절을 하셨으면 좋겠어요"라고 조심스럽게 말씀드리긴 했었다. 자칫 말 뜻을 오해하게 되면 그가 아예 식음을 전폐한다는 걸 알고 있었기에, 신중하게 단어를 골라가며 부드럽게 이야기해야 했다.

그러다 꼭 음성 언어만 중요한 것은 아니라는 사실을 깨닫게 된 일이 있었다. 재가요양센터에서 농인 대상자를 의뢰하여 방문진료를 하게 되었는데, 원활한 의사소통을 위해 수어통역사님과 함께 가게 되었다. 사전에 들은 정보로는, 농인 부부 중 아내의 건강상태가 최근 많이 나빠졌다고 했다. 당뇨를 오래 앓고 있고, 신장이 나빠져 투석 치료를 시작한 데다가, 허리와 무릎 통증도 심해 거동조차 어렵다는 것이다.

그들의 집 안은 무척이나 적막했다. TV마저 무음 상태였다. 나는 명찰을 보여주며 내 소개를 대신했다. 수어통역사님은 사소한 부분들까지 차근차근 대화를 이어가도록 도와주었다. 덕분에 먹고 있는 약들을 확인하고 앞으로 필요한 지원을 논의할 수 있었다.

물론 수어통역사님이 없었다면 그들과의 소통은 쉽지 않았을 것이다. 하지만 인사를 나눌 때의 따뜻한 미소, 걱정을 담은 눈빛, 진심을 담은 손길 등이 전해지자, 농인 부부가 내게 마음을 열기 시작했다는 걸 느낄 수 있었다. 이 역시, 그들의 미소, 눈빛, 손길을 통해 전해지는 느낌이었다.

그러고 보면, 내가 찾아갈 때마다 해바라기처럼 환하게 웃으며 집 문을 열어주는 U도 반가움을 가득 담은 표정과

맞잡은 손의 온기로 이미 내게 말을 건네고 있는지도 모르겠다. 요즘은 그 표정과 온기만으로도 그가 어떻게 지냈는지 반쯤은 알 것 같다.

나는 U에게 종종 우리가 친구라고 했지만, 솔직히 그와 친구처럼 어울리지는 못했다. 우리가 진짜 친구가 되기 어려운 것은 그와 내가 대화다운 대화를 하지 못해서가 아니라 '진료'라는 제한된 행위를 위해서만 만나는 의사와 환자 사이이기 때문일 것이다. 따로 연락해서 만나고 시간을 보내야 하는데, 아직 거기까지는 시도해 보지 못했다. 그래선지 "우리는 친구야"라고 반갑게 인사하면서도 무언가 거짓말을 하는 것 같아 조금 찔린다.

그럴 때면 인연이 이어지는 대로 계속해서 만나고 또 어떤 방식으로든 소통하다 보면 조금은 서로를 이해할 수 있는 날이 올 거라고 스스로 위안한다. T가 한 번쯤은 연예인 이름이나 예능 프로그램 이야기를 꺼내기 전에 내 안부를 묻는 날도 올 것이고.

대화는 물론 중요한 것이지만, 언어의 부재가 존재의 실재까지 가리지는 못한다고 믿는다. 그래서 한 번이라도 더 찾아가 보려 한다. 만남을 허락해 준 이들에게 고마워하면서, 음성 언어를 경유하지 않고도 소통하는 방법을 계속 익혀가면서. 부족한 의사에게 가르침을 아끼지 않는 그들이 참고맙다. 그리고, 무엇보다 U와 내가 언젠가 '진짜 친구'라고 말할 수 있게 될 날이 기대된다.

'다른 건강'을
생각하다

"건강이 최고다."

우리는 이 말을 자주 하고, 또 듣는다. 누군가 이 말을 할 때는 고개를 끄덕여 공감을 표하기도 한다. 이 말에 문제를 제기하는 사람을 여태 나는 거의 본 적이 없다. 누구나 공감하며 의심조차 하지 않는 이 명제에, 나는 지금부터 약간의 상상력을 덧붙여 '건강에 대한 다른 생각'을 조심스럽게 펼쳐보려 한다.

누군가는 "건강한 게 좋은 것 아니야?"라고 반문할지 모르겠다. 물론 건강은 좋은 것이다. 문제는, 요즘 사회 전반적으로 '건강해야 한다'는 강박적 명령이 넘쳐난다는 사실이다. 건강 강박은 늘 건강한 것 이상의 무언가를 우리에게 요구한다. 즉, '심각한 질병이 있지 않은 상태'를 넘어 '최상의 몸/정신 상태'만을 요구한다는 것이다.

그래서일까. 많은 사람이 '측정'에 열성적으로 매달린다. 심박과 몸무게, 혈압과 당뇨수치 등을 끊임없이 체크한다. 아무리 봐도 과한 것 아닌가 의문이 드는데, '생명'이라는 숭고한 가치 앞에서 이런 의문은 소용이 없어진다. 혹시라도 중병에 걸리면 경제적인 손실이 말도 못 하게 클 테고, 결국 목숨을 비롯한 모든 것을 잃게 될지 모르니 말이다.

이런 불안감을 기반으로, 수많은 건강관리 서비스가 속속 탄생하고 있다. 그중에서도 기업에서 사내 건강관리 프로그램을 운영하는 것이 꽤 인기다. 직원들의 건강을 회사가 돌봐준다는 취지로 소개되는 프로그램인데, 직원들 역시 이를 사내 복지 서비스의 하나로 여기며 무척 긍정적으로 바라본다. 이로 인해 여가활동, 식습관, 잠버릇, 성생활 등 사적 정보가 고스란히 노출될 수 있음에도 불구하고.*

건강에 대한 추구는 이 정도에서 멈추지 않고, 완벽한 외

---

* 이와 관련된 논의는 《건강 신드롬》(칼 세데르스트룀 외 지음)에서 확인할 수 있다.

모에 대한 강박으로까지 이어진다. 이를테면, 태반주사나 필러, 보톡스를 맞으며 나이 들어서도 주름 없는 매끈한 피부를 유지하는 것, 피트니스 센터에서 조각 같은 몸매를 완성하는 것 등. 그렇게 공들여 만든 외모를 SNS 상에 자랑스레 전시하고, 이를 본 사람들은 그 정도 상태쯤 되어야 건강한 것이라는 생각을 무의식에 새기며 자신도 그와 같은 외모가 되기 위해 은근슬쩍 지갑을 연다.

그러고 보면, 건강 추구 행위는 '포켓몬고'처럼 끊임없이 이어지는 잡기 놀이와 같다. 계속해서 포켓몬을 잡지만 그 끝에 무엇이 있는지는 아무도 알지 못한다. 어느새 정신 차리고 둘러보면 오직 경쟁만 있을 뿐이다. 남보다 먼저, 더 많이 잡으려 드는 경쟁. 그야말로 현대 사회의 지상명령에 부합한다.

그렇게, 우리는 스스로를 '의료'라는 갑옷으로 무장시킨 채 온갖 검사와 시술 및 수술, 운동을 이어나간다. 각종 영유아 건강검진으로 시작해 평생 온갖 검진을 이어가면서. 그런데 요람에서 무덤까지 우리를 책임지는 세련된 의료 보장 메커니즘이, 아니 그 메커니즘 안에서 느껴지는 일종의 안도감이 정말로 우리를 보호해 주는 것일까.

각종 검진을 통해 신체에 대한 규격화가
이루어지면, '상급 인간'과 '하급 인간'이
구분될 가능성이 커진다.
하급 인간으로 판별된 사람들은 필연적으로
사회의 여러 문턱에서 미끄러질 수밖에 없다.

인간의 능력이 신체 능력에 따라 세분화되면서 이것이 계층화로 이어질 가능성 또한 농후하다. 건강 문제가 있는 사람들은 구직 시장에서 환영받지 못한다. 결과적으로 신체 능력은 더욱 중요한 스펙으로 작동할 것이다.

이것이 정상적인 사회의 모습일까. 좀 덜 건강하다고 해서—'건강하다'의 기준조차 모호한 상태에서—'하자 있는 인간'으로 취급받고, 충분히 해낼 수 있는 일을 맡을 기회조차 박탈당하는 것이 과연 온당한가 이 말이다.

잠시, 의사 이야기로 돌아와 보자. 의사의 역할은 무엇일까. 세심하게 환자의 이야기를 듣고, 환자의 몸에 어떤 문제가 있는지 파악하고, 그에 맞는 처방을 제공하는 것. 필요에 따라 피 검사를 비롯한 각종 검사를 시행해 신체에 문제가 있는지를 파악하는 것. 아마 이 정도로 요약할 수 있을 것이다. 그런데 언제부턴가 소위 '명의名醫'란 이런 역할을 넘어 '병에 걸리지 않도록 예방할 수 있는 의사'라는 이상한 믿음이 퍼지고 있다. 빅데이터 시대라 가능한 일이다.

할리우드 배우 앤젤리나 졸리Angelina Jolie가 BRCA라는 유방암 유전자를 가지고 있다며, 선제적으로 유방 절제 수술을 받은 일화는 유명하다. 이처럼 인간게놈프로젝트를 통한 유전자 지도를 보고, 어떤 병에 걸릴지 파악하는 일이 가능해졌다. 실제로, '개인유전체분석 서비스'라는 이름의 기술이 상용화될 조짐이 보인다. 이 기술은 유전자를 분석하여 암, 당뇨, 고혈압, 치매 등 주요 질환에 대한 발생 예측을 가능하게 한다고 알려져 있다. 관련 기술이 발전함에 따라 이에 대한 사용 비용이 낮아지긴 하겠지만, 그 전에 이러한 정보를 미리 아는 것이 개인과 사회에 어떤 효과를 유발할지는 먼저 고민하고 지켜봐야 할 문제다.

딥러닝 기술이 발전하면서, 아이들의 얼굴 사진을 분석해 표정으로 발달장애를 진단하는 일도 가능해졌다. 사진 몇 장으로 아이가 자폐아가 될 확률이 몇 퍼센트인지 진단할 수 있게 된 것이다. 점의 크기와 위치를 추적 관찰해 피부암의 가능성을 찾기도 한다. 만보계도 화려하게 부활했다. 사람들은 손목시계를 차고 자신이 얼마나 걸었는지, 심박수가 어떻게 되는지 체크한다. 이 손목시계는 5분 뒤 심근경색이 생길 것이니 응급실에 가라고 알려주기도 한다. 중환자실 환자들이 달고 있던 심전도 기계에서 흘러가는 데이터를 분석하여 심근경색이 발생하기 5분 전의 심전도를 파악하고 있다가 경고를 해주는 식이다.

문제는, 이러한 기술들이 환자 개개인의 사회·경제적 특성은 고려하지 않는다는 점이다. 일단 이와 관련된 기기나 서비스를 구매할 수 있는 사람들과 없는 사람들 사이에 경계가 생긴다. 설령 기기나 서비스를 구매했다 하더라도, 이후 예상되는 질병을 선제적으로 치료하기 위한 비용을 가진 사람과 못 가진 사람이 또 한 번 구분될 수 있다.

다른 문제는, 어떤 사람의 삶과 건강을 평가하고 분석하는 방법을 획일화할 수 있다는 점이다. 예를 들어, '비만'에 대해 생각해 보자. 태어난 지역, 가족, 환경, 교우관계, 만나 왔던 사람들, 친구들과 느꼈던 추억. 어떤 사람이 비만 상태가 된 데는 분명 여러 이유가 있을 것이다. 유전자적으로 비만이 될 수밖에 없는 사람도 있겠지만, 살아오면서 겪은 수

많은 스트레스가 폭식으로 이어져 비만이 된 사람도 있을 수 있다. 내 몸무게에는 내가 살아온 역사가 담겨 있다. 잠깐 줄어들었다가 다시 찌는 게 아니고서야 평균 몸무게 1킬로그램을 줄이기 위해서는 말 그대로 우주적인 변화가 필요하다. 수면 패턴, 생활 습관, 사회적 관계, 먹는 음식, 심리 상태 등 모든 부분에서 변화가 수반되어야 체중 감량이 가능하다. 또, 체중은 자연스러운 노화 현상에 따라 서서히 증가하기도 한다. 결국, 신체 변화를 의학적으로만 바라보는 것은 매우 협소한 관점이 아닐 수 없다. 그럼에도 디지털 헬스케어는 이러한 사회적·경제적 조건을 가볍게 무시한다.

디지털 헬스케어가 바라는 인간형은 항상 운동하고, 항상 질병의 위험을 차단하는 '순수한 건강형 인간'이다. 이를 위해 모바일 기계를 장착하고, 수시로 자신의 건강상태를 체크해야 한다. 디지털 헬스케어의 역습이 본격화되면 비건강형 인간은 설 자리를 잃는다. 이미 다양한 기기들이, 우리가 더 건강해질 수 있도록 도와줄 준비를 하고 있다. 우리는 그저 이 기기들을 이용하기만 하면 된다.

'자기계발형 인간'을 넘어서는 '건강통치형 인간'이 점점 더 각광받는 세상. 이제 젊은 구직자는 자신의 몸을 가꿀 뿐 아니라 자신의 몸과 심리 상태까지 능수능란하게 통제할 수 있어야 한다. 그리고 이런 세상에서, 의사는 환자를 만나지 않고도 유전자를 분석해 질병 유발 가능성을 파악하고, 환자가 만들어내는 데이터들을 분석하여 행동 패턴을 진단하고, 환자에게 처방을 내리는 사람이 되어가고 있다.

시야를 좀 더 넓혀보자. 우리나라 의료계의 고질적인 문제로 거론되는 것 중 하나가 공공의료가 부족하다는 점이다. 2019년 〈공공보건의료 통계집〉을 보면 2018년 기준 공공의료기관 병상 수 비중은 전체 병상의 10.2퍼센트로, OECD 평균 71.4퍼센트와 비교해 매우 적다. 물론 전국민의료보험 제도가 시행되고 있어서 사적 소유의 병원이라 하더라도 국가에서 정한 의료비 기준을 따라야 한다. 그러면 어떻게 될까. 공공병원은 정해진 예산에 따라 운영되며, 정해진 급여를 받는 직원들이 과소한 의료를 제공할 가능성이 커진다. 사립병원은 조금이라도 돈을 더 벌기 위해 여러 수단을 강구할 가능성이 커진다. 적은 수의 직원을 고용해 비용을 줄이고, 과다 진료를 해서 보험 청구를 많이 하고, 또 보험이 안되는 비보험 진료를 늘려서 환자 개인의 부담금도 늘리고.

병원 소유자가 누구냐에 따라 제공하는 의료의 양상이 달라지는 것이다.

공공 소유의 병원이 늘어나 공적 적정진료를 시도하는 것은 바람직하다. 하지만 그 비용 모두를 정부가 부담해야 하기에 정부에서는 이를 꺼리는 경향이 있다. 국민 건강을 돌보는 것이 국가의 역할이지만, 국가는 그것을 직접 하는 대신 개인에게 맡겨둔 셈이다. 그 개인은 국가의 틀 안에서 움직이되 수익 창출을 위해 노력한다. 병원에서 죽음을 앞둔 노인들을 대상으로 과도한 치료가 발생하는 이유다.

우리나라는 바이오헬스산업을 새로운 성장 동력으로 만들겠다는 목표를 갖고 있다. 의료구조가 어떻게 됐건 의료산업화를 통해 일자리를 창출해야 한다는 입장이다. 그러나 의료산업을 통한 수익창출은 자본주의 착취의 '끝판왕'이다. 의료의 공적 역할이 부재한 상황에서 바이오헬스산업에 집중하겠다는 것은 사태를 악화시킬 가능성이 크다.

'사람을 살리겠다'는 선의는 쉽게 의료기관의 수익 창출로 이어진다. 이런 방향성 속에서 검증되지 않은 신의료기술이 난립하고, 그 피해는 고스란히 국민들에게 돌아간다. 그 일례로, 2019년 전국을 들끓게 만들었던 '인보사 사태'를 들 수 있다. 골관절염을 치료하는 세포유전자 치료제 인보사는 악성종양을 유발할 수 있는 위험이 있음에도 정확한 검증 없이 2017년 시판이 허가되고 유통되어 3,700여 명의 환자들에게 판매되고 말았다. 이후 4년이 지난 2023년 현재까지도 관련 재판이 이어지고 있는 상황이다. 안전한 의료를 제공해야 할 정부가 국민의 기대를 저버렸다. 세포유전자 치료제가 돈이 될 거라는 기대로 투자했던 사람들은 투자 실패에 대한 아쉬움으로 쓴물을 삼켜야 했다. 이런 '생명 투자 현상'은 이제 시작일 뿐이다.

IT 기술을 이용한 건강관리서비스, 즉 IT와 BT의 결합은 무엇을 의미하는가. 건강의 민주화 혹은 환자의 주체화? 아니면 보건의료의 혁신? 모두 아니다. IT와 BT의 결합은 재앙이다. 생명을 위해 필요한 기술과 돈벌이를 위한 기술이 적절히 결합된 형태일 뿐이다.

이런 상황에서는 환자 아닌 사람이 없다. 신체 투시가 가능한 현대의 의료기술은 모든 인간을 환자로 만들어내고 있다. 더 건강하게 만든다? 건강을 만들어낸다? 무슨 말일까. 자본주의 사회에서 이익이 되지 않는 것은 쓸모가 없다는 뜻이다. 더 건강해져야 한다고 외치는 '건강 강박'은 자본의 이익 창출에 대한 요구다. 이런 요구들이 신자유주의 시대에는 워낙 노골적이라, 이것이 잘못됐다고 문제를 제기하기조차 쉽지 않다.

자본주의 사회에서는 이제 큰 이윤을 창출할 수 있는 산업이 거의 없다. 의료 산업에 대한 욕구는 돈을 벌고자 하는 이들을 위한 마지막 종착지처럼 보인다. 그 끝에서 우리는 불멸을 얻을 수 있을까.

아예 다르게 생각하고, 다르게 행동해 볼 수는 없을까?

늘 이상했던 것이 있다.
왜 오래 살아야 하는지,
왜 암에 걸리지 않아야 하는지에 대해서는
아무도 말하지 않는다는 것이다.

그저 위험하다고 하니까, 두려우니까, 불안하니까, 그 불안감을 해소하기 위해 소모적인 건강 체크만 반복한다. 죽음을 그저 두려운 것, 피해야 할 것으로만 인식할 뿐, 그것에 대해 깊이 생각해 볼 시간을 가지려고 하지 않는다. 이에 따라 우리가 그렇게도 두려워하며 싸웠던 독재정부와 비슷한

'헬스케어 독재사회'가 도래한 건 아닐까.

건강을 무시해 보면 어떨까? 예술과 놀이를 통해 건강을 잊어버리는 것이다. 인간이 행복할 수 있는 건 잊을 수 있기 때문이다. 인간은 망각의 동물이다. 몸을 다르게 바라보고, 몸을 재구성해 보면서 다른 몸을 창출해 보는 것. 이는 곧 건강의 재구성으로, 삶의 재구성으로 이어진다. 그저 대항하는 것이 아니라 구체적인 '대항품행counter conduct*'을 만들어 본다면 어떨까?

정책적 대안도 중요하지만 대항 품행을 만들어 나가는 운동이 필요하다. 대안적 삶이 있어야 한다. 엉뚱한 생각을 해 볼 필요가 있다.

건강관리를 전혀 안 한다면 어떻게 될까? 암을 우리 머릿속에서 지워버린다면(암 환자인 할머니가 세계여행 다니는 이야기는 너무 재미있다)? 사람들은 모두 죽는다. 그러니 두려워할 필요 없다. 적절한 자기 배려와 용기로 죽음에 맞서는 것이 필요할 뿐이다.

삶을 즐기면 어떨까? 좀 놀면서 살면 어떤가? 건강해방

---

* 대항품행이란 철학자 미셸 푸코가 말한 개념으로, '합리적인 통치성Governmaentality' 에 반발하는 일련의 행위양식을 의미한다. 이와 관련된 논의는 《안전, 영토, 인구》, 《비판이란 무엇인가》에서 자세히 확인할 수 있다.

운동이 필요하지 않을까? 모두가 가는 방향과 반대로 가는 삶을 살아본다면 새로운 시야가 열릴 것이다.

불편하면 어떤가? 아파도 괜찮다. 우리 주위에는 수많은 장애인들이 있다. 편의상 장애인이라고 표현했을 뿐, 장애의 기준을 정하는 건 참 작위적이다. 우리는 서로 다르지 않다.

자생력을 키우면 어떨까? 면역력을 넘어 자생력이 필요하다. 면역력 높이기에 포섭된 많이 이들로 인해 수많은 영양제, 비타민, 민간요법들, 영양주사, 마늘, 백옥주사 등이 앞다투어 난립한다. 면역력을 높여준다는 한약도 마찬가지다. 만족감을 채워주는 의료가 지금의 의료 현실인 것이다. 실제 약의 효과보다 상업적인 마케팅의 역할이 큰 건 아닌지 따져볼 필요가 있다.

우리는 왜 이렇게 힘든 것일까? 당최 안 아픈 데가 없다.

"머리도 아프고, 다리도 아프고, 허리도 아프고, 기침도 나요."

간혹 이렇게 말하는 환자들이 있다. 이때는 달리 해줄 말이 없다. 어떨 때는 노인들이 병원에 오는 이유가 관계와 손길이 그리워서인 것 같다는 생각이 들기도 하다. 누군가 내 안부를 묻고 내 몸을 만져주는 것에서 위로를 느끼게 마련이니까.

현대 의학을 무시하거나 배제하자는 이야기가 결코 아니다. 나 역시 의료기술의 진보, 디지털 헬스케어 기술의 발전이 반갑고 흥미롭다. 의료기술이 발달해 아픈 이들에게 널리 이롭게 적용되길 바라는 마음이 크다. 다만, 그런 부분에 지나치게 치우친 불균형한 현실을 바로잡고, 서로 응원하고 위로할 수 있는 관계망을 만드는 데 좀 더 눈을 돌려보자는 것이다.

이때 중요한 것은 그 관계망을 만들어 가는 과정이다. 제도나 정책으로 쉽게 만들려고 하기보다는 더디더라도 논의하고 갈등하고 화해하면서 같이 만들어 가야 한다. 그 과정 자체가 관계를 공고하게 해줄 테니까. 그렇게 공고히 만들어진 관계망이야말로 함께 울고 웃을 수 있는 '다른 건강'의 출발점이 될 것이다.

"나에게는 무기가 별로 없다. MRI를 찍을 수도 CT 스캔도 할 수 없다. 그래도 나는 찾을 것이고 찾아갈 것이고 또 찾을 것이다. 정상이 되라고 건강해지라고 강요하지 않을 것이다. 그럼에도 건강을 이야기하며 함께 살아갈 방법을 찾아갈 것이다. 아마도 그런 관계로 말미암은 과정 혹은 여정이 미래의 신약일지도. 나는 신약을 개발 중이고 신기술을 연마 중이다. 나는 과거에서 온 것이 아니라 미래에서 왔다. 오늘도 나를 미래의 의사라 착각하며 누군가의 집에 들어갈 것이다."

– 홍종원, "나는 미래에서 온 의사다",

《혼자서는 무섭지만》중에서

마치며

끝내 돌아보는 마음

명절 연휴를 맞이하여 모처럼 고향에 내려가기로 했다. 바쁘다는 핑계로 평소에는 가족을 찾아갈 여유를 갖지 못했었다. 사실 고향에 가겠다는 것도 가족을 만나고 싶어서라기보다는 잠깐이나마 정신없는 일상과 멀리 떨어져 쉬고 싶은 마음에서였다. 이렇게 생각해도, 저렇게 생각해도 참 이기적이다.

연휴가 시작되기 전날, 최대한 일을 빨리 마무리하려고 했지만 겨우 오후 4시가 넘어서야 갈 채비를 마쳤다. 고속버스 터미널에 가기 위해, 서둘러 마을버스를 타고 지하철로 갈아탔다. 그런데 지하철이 한 정거장 움직이더니 그대로 멈

춰서는 것이다. 마침 방송이 나왔다.

"장애인들의 지하철 점거 투쟁으로 열차가 지연되고 있습니다."

이내, 사람들의 볼멘소리가 여기저기서 들려왔다. 나는 '그래도 조금 있으면 움직이겠지' 하고 생각하며 좀 더 기다렸다. 그런데 상황이 심상치 않았다. 금세 움직일 상황이 아니었다. 일을 언제 마칠지 몰라 미리 표를 사두지 않은 상태이긴 했지만, 여기서 더 늦어지면 고향 가는 길이 막힐 것 같아 초조해졌다. 나는 재빨리 지하철역을 빠져나오면서 인터넷 검색 창을 켰다. 마침, 장애인 이동권 투쟁이 진행 중이라는 기사가 떴고, 나는 고속버스 터미널에 가장 빨리 닿을 수 있는 시내버스 번호를 확인한 뒤 서둘러 버스 정류장을 향해 뛰었다.

버스에 올라 숨을 고르면서, 창밖의 기나긴 차량 행렬을 바라보았다. 대부분 고향으로 혹은 여행지로 떠나는 차들일 터였다. 그 모습을 가만히 보고 있자니, 문득 2년 전 보건소 의뢰로 만났던 70대 후반의 한 남자가 떠올랐다.

혼자 임대아파트에 살고 있던 그는 음식 섭취에 상당한

어려움을 겪고 있었다. 무엇을 먹든 구토를 하는 것이다. 큰 마음을 먹고 식당에 가서 백반을 시키면 한두 숟갈 뜨고 나서 오심 증상으로 더 먹지 못했고, 잠시 후에 몇 숟갈 먹은 것마저 모두 게워낸다고 했다. 결국, 주스와 과자를 아주 조금씩 먹으며 생존에 필요한 최소한의 에너지만 유지한 채 살아가고 있었다.

그는 홀로 오래 살아왔다. 일찍부터 가족들과 멀어져 노숙 생활을 길게 하다가, 장애인을 돌보는 시설에서 수사들을 도와가며 봉사를 했다고 한다. 입소자이자 봉사자로 있었던 모양인데, 그는 시설에 머물던 그 시절을 무척이나 그리워했다. 임대아파트에서 혼자 사는 지금이 그리 행복해 보이지 않았다.

그는 잠시 여행을 떠나고 싶다고 했다.

"어디든 기차를 타고 잠시 바람을 쐬러 가고 싶어요. 그렇게 해본 지가 너무 오래됐어요."

담담하게 말했지만 무척 쓸쓸해 보였다. 나는 조금 울컥해서 "저랑 같이 갔다 오실래요?"라는 말이 목구멍까지 차올랐지만 뱉지 않았다. 그날은 그와의 첫 만남이기도 했고, 나중에 내 시간이 허락될지, 혹 그때 내가 귀찮지는 않을지… 여러 핑계가 줄줄이 떠올라 일단 접어두었던 것이다. 그 스스로 우리를 받아들일지 말지 결정하는 편이 이후의 관계를 위해 더 좋을 거라고도 생각했다.

두 시간 넘는 대화 끝에, 그는 보건소에서 제공하는 건강관리 서비스를 받을지 찬찬히 생각을 정리하고 결정하겠다고 했다. 어렵사리 문을 열어주었지만, 계속해서 우리와 관계를 이어갈지는 그 자리에서 선뜻 결심하지 못하는 눈치였다. 아마도, 서비스화된 관계가 단절된 이후 더 큰 고립감이 찾아온다는 걸 잘 알고 있기 때문일 것이다.

그래도 내심, 그가 생각을 정리하고 연락을 해줄 거라 믿었지만, 그에게서는 끝내 연락이 오지 않았다. 우리를 받아들이지 않기로 결심한 듯했다. 나는 포기하지 않고 계속해서 그 집을 찾아가 문 앞을 서성였다. 그는 다시는 문을 열어주지 않았다. 어떤 날에는 집에 있는 것이 분명한데도 내가 문 두드리는 소리를 외면했다. 청력이 약해졌다고는 하나, 그 정도 소리를 못 들었을 것 같진 않다. 아마 누구도 열어주지 않기로 마음먹었던 것이리라. 그는 동주민센터 공무원과 유일하게 소통했는데, 그 공무원조차 그와 만나기 어렵다고 했다. 나는 그가 동네 가게라도 나가지 않을까, 산책을 하진 않을까 싶어 아파트 단지를 몇 바퀴씩 돌며 그를 찾아 헤맸지만, 결국에는 그를 다시 만나지 못했다.

몸이 좀 불편하고 청력이 약한 그가 과연 저 차량 행렬 속 사람들처럼 여행을 갈 수 있었을까. 열차에 몸을 실을 수 있었을까. 아니, 그 전에 역까지 갈 수 있었을까. 나는 그와 처음 만났을 때 같이 여행을 가자고 말하지 않은 데 대해 뒤늦게 후회했다. 그때 내가 먼저 제안을 했더라면 우리의 관계가 조금은 달라질 수도 있었을 텐데. 물론 그가 거절했을 수도 있겠지. 알 수 없는 일이다. 시도해 보기 전까지는.

그 일이 있고 얼마 후, 주기적으로 만나는 한 중증장애인 환자에게 일생에 한 번 어렵게 고향에 다녀온 이야기를 들었다. 그는 경추가 손상된 지체장애인으로, 휠체어를 타고 생활한다. 긴 재활훈련을 거쳐 손을 이용해 기본적인 생활을 할 수 있게 된 케이스다. 그가 고향에 가서 하루라도 지내려면 활동지원인이 함께 1박을 해주어야 한다. 또한 KTX를 탄다 하더라도 막상 고향에 도착하면 이동수단을 구하는 일이 만만치 않아서, 그 지역 장애인 콜택시도 미리 알아보고 섭외해 두어야 한다.

이런저런 생각을 하다 보니, 어느새 고향에 도착했다. 예상했던 시간보다 한 시간가량 늦었지만, 그래도 무사히 명절 연휴를 고향에서 보낼 수 있게 되었다. 그러고 보면 내가 고향을 자주 찾지 못하는 이유는 바빠서이지, 마음만 먹으면 언제든 어렵지 않게 고향을 찾을 수 있는 거였다.

명절을 보내고, 다시 방문진료를 다니면서 "명절 잘 보내셨어요?"라고 인사말을 건넸다. 돌아오는 대답은 대부분 "그냥 집에 있었죠"였다. 나는 그들에게 고향에 다녀왔다는 말을 꺼내지 않았다. 앞으로도 고향에 다녀온 이야기는 하지 않을 듯하다. 누군가에게 명절 연휴는 모처럼 고향을 방문할 수 있는 고마운 휴일들이지만, 누군가에게는 돌봄노동자가 오지 않아 불안하고 불편한 빨간 날의 연속일지 모르겠다. 우리는 이렇게나 다른 세계를 살고 있다.

심지어 나는 건강을 자신하는 사람이라, 아픔에 둔감하다. 조금 아프면 그냥 참는다. 성인이 된 후, 해열제 한 알 먹었던 경험조차 손에 꼽을 정도다. 자연히 아픔에 공감할 능력이 결여되어 있다. 내가 만나는 이들과 정말 다른 세계를 살고 있는 셈이다.

그런 내가 지금 이 일을 할 수 있는 건, '뒤를 돌아볼 줄 아는 능력' 덕분이지 않을까 싶다. 누구나 양면적인 성격을 갖고 있듯이, 나 역시 적극적이고 자기주장이 강한 면이 있는 반면 소극적이고 신중한 면 또한 있는 것 같다. 더 어릴 때는 적극적인 성향이 강해서 무언가 해야만 하는 일, 옳다고 생각하는 일이 있으면 미친듯이 앞으로 달려나가곤 했다. 그러다 어느 순간부터는 '그 행동이 맞나?' 질문하는 일이 잦아졌다. 무슨 일을 하다가도 멈칫거리며 뒤를 돌아보고, 혹시 내가 놓치는 부분은 없는지 살피게 된 것이다. 누가 내 뒤에 있진 않은지, 주저앉거나 쓰러지진 않았는지, 그래서 내가 다시 뒤로 돌아가 그들의 옆에 나란히 서야 하는 것은 아닌지.

그러다 보니, 앞으로 나아가는 힘은 약해졌을지 몰라도, 돌아보는 힘만큼은 커졌다.

돌아보는 마음이 곧 돌보는 마음이리라.

나아가고자 하는 욕심이 모두 사라지진 않았지만, 그건 나태함으로 극복한다. 그냥 덜 열심히 하면 욕심은 이뤄지지 않는 법이니까.

세상에는 여전히 빨리 가고자 하는 자들의 목소리가 훨씬 더 크게 들린다. 그럴 때면 의대 졸업반 시절, 네팔로 실습을 떠났을 때를 생각한다.

그곳에서 나는 병원 일정을 마친 이른 오후가 되면 무작정 동네를 어슬렁거렸다. 어쩌다 시내에 나갔다 오기도 했지만 대부분은 동네에 있었다. 우리처럼 국제기구에 일하러 온 외국인들을 우연히 만나서 어울리기도 하고 매일 저녁 먹으러 가는 식당에서 전통 술을 얻어 마시기도 했다. 숙소에 머물 때는 운동을 하거나 책을 읽었다.

네팔에서는 정전이 일상이었다. 어김없이 하루 몇 시간은 정전이 되어 밤이 왔음을 실감했다. 그럴 때면 함께 실습 온 동료와 둘이서 창밖을 보며 이런저런 이야기를 나누거나 멍하니 있었다. 그때 휘파람을 불 줄 몰랐던 나는 "그냥 계속 불다 보면 된다"는, 검은 밤을 함께했던 동료의 말에 소리 없는 휘파람을 몇 번이고 '그냥' 불었다. 그렇게 한 달쯤 지내다 보니 진짜 소리가 났다. 정전 덕에 휘파람을 불 수 있게 된 셈이다.

휘파람 부는 법을 익혔던 그때의 그 마음으로, 천천히 걸어가려 한다. 너무 조급하지 않게, 너무 절박하지 않게, 찬찬히. 더 빨리 가자고 하는 사람들의 큰 목소리 사이로 잘 들리지 않는, 더 아픈 사람들의 목소리를 들으려고 한다. 꾸준히 뒤를 돌아보며 아픈 이들과 어떻게 함께할 수 있을지를 깊이 생각하려 한다. 지금보다 더 천천히, 더 많이 돌아보며 가야 한다. 그래야 장애가 있어도 때때로 고향에 다녀올 수 있고, 여행도 갈 수 있는 사회가 된다.

계속해서 아픈 이들을 만날 작정이다. 건강을 강요하지도, 약을 강요하지도 않을 것이다. 그저 그들과 함께하면서 마음이 시키는 소리대로 살아갈 것이다. 그렇게 아픈 이들과 소통하다 보면, 언젠가 어떤 삶을 살아야 할지 작은 실마리를 찾아낼 수 있을 것이라 믿는다.

| 참고 자료 |

- P. A. 크로포트킨 지음, 홍세화 옮김, 《청년에게 고함》, 낮은산
  (2014), p.34

- 권단 외 지음, 《모두를 위한 마을은 없다》, 삶창(2014), p.201

- 오찬호 지음, 《하나도 괜찮지 않습니다》, 블랙피쉬(2018), p.135

- 김도현 지음, 《장애학의 도전》, 오월의봄(2019), p.330

- 홍종원 외 지음, "나는 미래에서 온 의사다", 《혼자서는 무섭지
  만》, 보스토크프레스(2020), pp.168-169

- 칼 세드르스트룀, 앙드레 스파이서 지음, 조용주 옮김, 《건강 신
  드롬》, 민들레(2016)

- 미셸 푸코 지음, 오트르망 옮김, 《안전, 영토, 인구》, 난장(2011)

- 미셸 푸코 지음, 오트르망 옮김, 《비판이란 무엇인가》, 동녘
  (2016)

- 인도주의실천의사협의회 지음, 《의사가 말하는 의사》, 부키
  (2004)

- 최규진 지음,《광장 위에 선 의사들》, 이데아(2017)

- 국립중앙의료원 발간,〈공공보건의료 통계집〉(2019)

- 박주형 지음,〈도구화되는 '공동체' 서울시 마을공동체 만들기 사업에 대한 비판적 고찰〉,《공간과사회》, 2013년 제23권 1호 (2013)

- 커뮤니티케어(지역사회 통합돌봄) 자료:

  https://www.korea.kr/special/policyCurationView. do?newsId=148866645

- 한국의 노인자살률 관련 자료:

  https://www.joongang.co.kr/article/25118816

처방전 없음

ⓒ 홍종원, 2023

초판 1쇄 인쇄 2023년 5월 30일
초판 1쇄 발행 2023년 6월 5일

지은이 홍종원
펴낸이 김효선
펴낸곳 잠비
등록번호 제2022－000044호
주 소 서울시 광진구 긴고랑로46가길 12 201호
전화번호 070-8286-9852
이메일 jambi.book@gmail.com
인스타그램 @jambi_book

ISBN 979-11-980684-2-2 (03810)